奏出生命的强音

感动中国学生的

感动一生书系
学生图文版

总策划/邢涛　主　编/龚勋

轻轻拨动琴弦，舞动青春的舞步
看到路途上那些纷繁凌乱的脚印了吗？
尽管深浅不一，但却是青春的真实踪迹，是我们执著的追求
放眼前方，只要我们继续，收获的季节就在前方！

励志故事

汕头大学出版社

推荐序
你的心中有盏灯

世界儿童基金会 林孟富

有个小女孩,父母经常要很晚才能回家。每天晚上她自己回家时都必须经过一段黑漆漆的小路。我问她,一个人走夜路害怕不害怕,孤单不孤单?她说,爸爸妈妈告诉她,虽然路上无灯,但只要心中有盏灯亮着,就不会孤单,不用害怕……

这些年来,我时常会想象这盏灯应该是什么模样;直到最近,看到这套感动一生书系,我才发现我寻找的那盏灯原来就在这里:它是真情之灯、快乐之灯、美德之灯,也是励志之灯、智慧之灯!

这个系列的六本书汇集了古今中外各类经典的小故事。这些历久弥新的小故事温柔地抚摸到我们内心的深处,让我们的心一点一点温暖起来。同时,这些故事让我们在不知不觉中学会感受来自身边的真情,学会快乐人生的经营之道,学会关怀他人,学会奏出生命的强音,学会点亮人生的智慧之光……

青春之路,很少会有人走得一帆风顺。当烦恼来临时,你选择用什么态度面对?如果你的心中已经有了这盏灯,相信你也就有了自己的决定!

前言
Foreword

在人生的道路上，没有人不希望自己的生命焕发出美丽的光彩，没有人不渴望自己成为生活中的强者。为了激励广大青少年朋友的斗志，我们精心编撰了这本《感动中国学生的100个励志故事：奏出生命的强音》。

本书精选了古今中外近百个励志故事，这些故事从努力进取、坚持学习、明确目标等多方面阐述了取得成功的途径。它们将帮助青少年朋友们扬起人生的风帆，更加坚强、乐观、勇敢地面对人生的风浪。同时，我们为每个故事精心提炼出了一则引言，将故事蕴涵的道理传递给大家。此外，我们还为故事选配了大量精美典雅的插图，会让大家更加直观地感受故事里的世界，获得身临其境的感觉。

愿这些精彩的励志故事，能助您开创奋进、美好的人生！

目录 Contents

- 9 把成功写在脸上
- 11 把理想先放一放
- 13 不要相信命运
- 16 彩色土豆泥
- 18 从不说他做不到
- 21 打开另一扇窗
- 25 当遭遇拒绝时
- 28 大器何必晚成
- 31 第二百零一次叩门
- 35 多努力一次
- 37 两千五百个"请"
- 39 父亲的教导
- 42 给生活一张漂亮的脸
- 46 给自己信心
- 48 给自己一片悬崖
- 50 好好挺着
- 54 还有一个苹果
- 56 换只手举高你的自信
- 58 胡萝卜、鸡蛋和咖啡
- 60 机会总爱乔装成麻烦
- 62 坚持最久的女孩
- 65 今天是个好日子
- 69 救生索
- 71 靠自己成功
- 74 练钢琴
- 76 劣势与优势
- 78 令人崇敬的母亲
- 82 另一扇梦想之门
- 86 溜冰的启示
- 88 萝卜花

绿色缎带	91
美丽的景色	94
美术系的女生	96
梦想的价值	98
你必有一样拿得出手	101
你尽力了吗	104
偏执的成功者	108
勤奋智慧的人生	111
让梦想变成现实	114
让生命化蛹为蝶	117
人定胜天	119
认知生命中的"沉香"	122
上帝只给他一只老鼠	124
生活是自己创造的	127
生命的三个支点	129
世界为你震动吗	132
四毛钱的信心	134
天生我才必有用	138
为自己埋单	140
我的未来	144
我会开一家公司	146
我要去埃及	148
在嘘声中唱完一首歌	150
拯救自己的人	153
走过泥泞	156

奏出生命的强音……

无论冰雪洗礼,无论世事多舛,你依然可以选择昂首面对。只有顽强不屈、自强不息,我们才能用无悔的青春,奏响生命之琴的最强音。

把成功写在脸上

没有人能预知未来的命运,但我们可以用愉悦的表情面对命运。

撰文/黄小平

在瑞士的埃尔德集团公司门口,有一位九岁的小鞋匠。一日,公司总裁查菲尔面对公司所有的业务代表,把小鞋匠叫到跟前,请他擦鞋,并与小鞋匠聊了起来。

"你擦一次鞋赚多少钱?"查菲尔问。"擦一次五分钱。"小鞋匠高兴地回答,"但有的时候,我会得到一些小费。""在你来之前是谁在这里擦鞋?他为什么离开?""是一位叫比尔斯的男孩,他已经十七岁了。我听说,他觉得擦鞋无法维持生活而离开了。"

"那你擦一次鞋只赚五分钱,有办法维持生活吗?""可以的,先生。我每个星期给我妈妈五元钱,存五元到银行,再留下两元做零花钱。我想再干五年,就可以用存的钱买辆脚踏车了。"小男孩一边卖力地擦着鞋子,一边微笑着回答问题。

　　这时,查菲尔转过头来,对公司的业务代表说:"一个十七岁的鞋匠在这里擦鞋无法维持生计,而一个九岁的小男孩除了维持生计外,却还有节余,这是为什么呢?就是因为他们有着两张不同的脸。十七岁的男孩看不到生活的希望,整日哭丧着脸,好像别人欠他似的,顾客当然不会给他小费。而这个九岁的小男孩,对生活充满希望和信心,面对顾客总是面带微笑,谁会忍心不给他回报呢?"

　　查菲尔讲完,公司的业务代表恍然大悟,自己的推销业绩不佳,正是因为没有把迷人的微笑和乐观的心态写在脸上。从此,所有的业务代表在推销产品的同时,也把自己的真诚和微笑一同销售出去,产品销售量大增。

把理想先放一放

让自己一边成熟，一边寻找时机。等时机成熟时，理想就可以实现了。

撰文/冯有才

那个炎热的夏天，大专刚毕业的我怀揣着自己发表过的近二十万字的作品，奔波于各大杂志社之间。因为从爱上写字的那一天起，我就已经将编辑这一职业摆在了我理想的精神圣地。对于我，以及我的作品，杂志社的老总们总是很和蔼地点点头，然后又很无奈地摇摇头。

我明白他们的意思：点头，是因为他们对我的肯定；摇头，是表示他们杂志社的人数已经饱和了，对于我，以及我的理想，一时之间恐怕爱莫能助。

看着他们如此重复的动作，我很是沮丧，但是我从未怀疑过自己的能力，怀疑过自己的理想。因为我知道，有时候，好机遇其实比好能力更为重要。

一段时间后，情况并没有好转。面对逐渐羞涩的口袋，以及自己一时无法实现的理想，我知道，此刻该是放下理想的时候了，因为这个不济的时机。但放手决不等同于放弃，待到时机成熟，我会再次捎起当初放下的理想，跨步前行。

一周后，我应聘进了一家广告公司，此时的我，在做好手里工作的同时，仍留心着，尝试着，盯紧着杂志社的大门。因为我知道，放下理想，并非是要丢弃理想，而是在等待时机。

十一个月后，省城的一家杂志社招聘两名编辑，面对众多的应聘者，杂志社的老总仍然能一眼就认出我。他拍了拍我的肩膀，告诉我："小伙子，就凭你能够将理想守了近一年，就凭你的耐性与毅力，我们要定你了！"

那一刻，我知道，我终于可以捎上自己的理想前进了。

生活中，我们经常会远离自己的理想，其实在很多时候，并非是由于自身的原因，更多的是因为那个不济的机遇。其实有时候，我们只要将理想稍稍放手，让自己一边成熟，一边寻找时机，那么，时机成熟，理想就可以实现了。

不要相信命运

我们不能选择命运，但是我们能改变命运。

撰文/佚名

威尔逊先生是一位成功的商业家，他从一个普普通通的事务所小职员做起，经过多年的奋斗，终于拥有了自己的公司和办公楼，并且受到了人们的尊敬。

有一天，威尔逊先生从他的办公楼里走出来，刚走到街上，就听见身后传来"嗒嗒嗒"的声音，那是盲人用竹竿敲打地面发出的声响。威尔逊先生愣了一下，缓缓地转过身。

那个盲人感觉到前面有人，连忙打起精神，上前说道："尊敬的先生，您一定发现我是一个可怜的盲人，能不能占用您一点点的时间呢？"威尔逊先生说："我要去会见一个重要的客户，你要什么就尽快说吧。"

盲人在一个包里摸索半天，掏出一个打火机，放到威尔逊先生的手里，说："先生，这个打火机只卖一美元，这可是最好的打火机啊。"

威尔逊先生听了，叹口气，从西服口袋里掏出一张钞票递给盲人，说："我不抽烟，但我愿意帮助你。这个打火机，也许我可以送给开电梯的小伙子。"

盲人用手摸了一下那张钞票，竟然是一百美元！他用颤抖的手反复抚摸着钱，嘴里连连感激地说："您是我遇见过的最慷慨的先生！仁慈的富人啊，我为您祈祷！上帝保佑您！"

威尔逊先生笑了笑，正准备离开，这时盲人拉住他，又喋喋不休地说："您不知道，我并不是一生下来就瞎眼的，都是二十三年前布尔顿的那次事故！太可怕了！"

威尔逊先生心中一震，问道："你是在那次化工厂爆炸中失明的吗？"

盲人仿佛遇见了知音，兴奋得连连点头："是啊，是啊，您也知道？这也难怪，那次光炸死的人就有九十三个，伤的人有好几百，那可是头条新闻啊！"

盲人想用自己的遭遇打动对方，争取多得到一些钱，便可怜巴巴地说了下去："当时逃命的人群都挤在一起，我好不容易冲到门口，可一个大个子在我身后大喊：'让我先出去！我还年轻，我不想死！'他把我推倒了，踩着我的身体跑了出去！我失去了知觉，等我醒来后，就发现自己已经成了瞎子，命运真不公平啊！"

威尔逊先生冷冷地说："事实恐怕不是这样吧，你说反了！"盲人吃了一惊，用空洞的眼睛呆呆地望着威尔逊先生。威尔逊先生一字一顿地说："我当时也在布尔顿化工厂当工人，是你从我的身上踏过去的！你长得比我高大，你说的那句话，我永远都忘不了！"

盲人站了好长时间，突然一把抓住威尔逊先生，爆发出一阵大笑："这就是命运啊！不公平的命运！你在里面，现在出人头地了；我跑了出去，却成了一个没有用的瞎子！"

威尔逊先生用力地推开盲人的手，举起手中一根精致的棕榈手杖，平静地说："你知道吗？我也是一个瞎子。你相信命运，可是我不信。"

彩色土豆泥

> 生活就像一面镜子,你若对它笑,它就对你笑。

撰文/罗伊·戴维斯 刘宇婷、刘畅译

我家刚搬到一个小城镇,当焊接工的爸爸就丢了工作。爸爸很卖力地四处求职,妈妈则想方设法填饱我们兄妹三人的肚子。很快,父母的积蓄用光了,幸好附近的一位农民把他地里的土豆免费供应给我们。

于是,我们一日三餐吃的都是土豆:早晨煎土豆、中午烤土豆、晚上做土豆泥。几周过去了,爸爸仍然失业,进餐时的气氛也越来越沉闷,越来越阴郁。

一天,爸爸回来时,紧握着一个棕色的小口袋。"今天我们要吃一顿特别的大餐来庆祝。"爸爸宣布说。"庆祝什么?"我疑惑地问。"生活,罗伊,我们要庆祝生活!目前,情况可能很艰难,但是我想,只要我们怀着信心和希望,努力坚持下去,就一定能渡过难关。"爸爸自信地说。

不久，妈妈隆重地端出了晚餐。只见盘子里盛着一堆五颜六色的东西，粉的、绿的、蓝的、橙的……天哪！这是什么啊？等到我迫不及待、狼吞虎咽地吃下第一口后，我就明白了：是土豆泥。

虽然如此，由于有了这么多绚烂的颜色，腻味的土豆泥吃起来也格外有趣。哥哥、姐姐和我都边吃边咯咯地笑，长久以来笼罩在餐桌上的阴沉的气氛也立刻烟消云散了。

几周后，爸爸找到了工作。我们高高兴兴地摆脱了"土豆大餐"。那天爸爸买回来的只是食用色素，然而他带来的色彩却使我们的餐桌为之一亮，他的人生哲学则从此点亮了我的生活。

现在，每当遭逢困境，我都会做上一盘彩色的土豆泥，因为它能唤起我生活的信心和勇气，并提醒我今天的生活是多么的幸福。

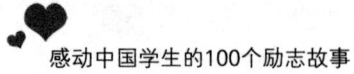

从不说他做不到

> 树立必胜的信念,不要轻易地说"我不行"。志在成功,你才能成功。
> 撰文/(美)凯西·拉曼库萨

我的儿子琼尼降生时,他的双脚向上弯曲着,脚底靠在肚子上。我是第一次做妈妈,觉得这看起来很别扭,但并不知道这将意味着小琼尼先天双足畸形。

医生向我们保证说经过治疗,小琼尼可以像常人一样走路,但像常人一样跑步的可能性则微乎其微。

琼尼三岁之前一直在接受治疗,和支架、石膏模子打交道。经过按摩、推拿和锻炼,他的腿果然渐渐康复。七八岁的时候,他走路的样子已让人看不出他的腿有过毛病。

要是走得远一些,比如去游乐园或去参观植物园,小琼尼会抱怨双腿疲累酸疼。这时候我们会停下来休息一下,来点儿苏打汁或蛋卷冰淇淋,聊聊看到的和要去看的。我们没有告诉儿子,为什么他的腿会细弱酸痛。因为我们不对他说,所以他不知道。

邻居的小孩子们做游戏的时候总是跑过来跑过去,毫无疑问,小琼尼看到他们玩就会马上加进去跑啊闹啊。我们从不告诉他不能像别的孩子那样跑,我们从不说他和别的孩子不一样。因为我们不对他说,所以他不知道。

七年级的时候,琼尼决定参加横穿全美的跑步比赛。每天他和大家一起训练,也许是意识到自己先天不如别人,他训练得比其他人都刻苦。虽然他跑得很努力,可是总落在队伍后面,但我们并没有告诉他为什么会这样。训练队的前七名选手可以参加最后比赛,为学校拿分。我们没有告诉琼尼,也许他的梦想会落空。因为我们不对他说,所以他不知道。

琼尼每天坚持跑四至五英里。我永远不会忘记有一次,他发着高烧,但是仍然坚持训练。我一整天都为他担心。我盼着学校会打来电话

让我去接他回家，但没有人给我打电话。

放学后我来到训练场，心想我来的话，琼尼兴许就不参加晚上的训练了，但我发现他正一个人沿着长长的林荫道跑步呢。我在他的身旁停下车子，之后慢慢地驾着车跟在他的身后。我问他感觉怎么样，"很好。"他说。

还剩下最后两英里。他满脸是汗，眼睛因为发烧失去了光彩。然而他目不斜视，坚持着跑了下来。我们从未告诉他不能发着高烧去跑四英里的路，我们从没有这样对他说，所以他不知道。

两个星期后，在决赛前三天，长跑队的名次被确定下来。琼尼是第六名，他成功了。他才是个七年级学生，而其余的人都是八年级学生。我们从没有告诉他不要去期望入选，从没有对他说不会成功。是的，我们从没说起过……所以他不知道，但他却做到了！

打开另一扇窗

命运之神关上一道门时，必定会打开另一扇窗。

撰文/姜钦峰

她出生才三个月的时候，医生诊断她患有先天性白内障，就算做了手术，视力也达不到0.1。这等于宣告她一辈子都将是盲人，父母便将她遗弃了。

刚十个月的时候，姥姥带她去医院做了手术。她左眼的视力恢复到在一米远的距离，能模糊地看见手指头，而右眼则完全失明，她的世界几乎只有黑暗。

在姥姥的严格管教下，凭着过人的听觉和触觉，她可以单独出门，甚至拿东西也不必摸索。长大后，她进入盲人学校学习钢琴调律，毕业后分配到一家钢琴厂工作。

一天，她乘公交车去上班，照例拿出盲人乘车证。由于从外表很难

看出她是盲人，售票员怎么也不相信她，两人发生争执，结果她下车时被车门夹伤了胳膊。半年后，她的伤好了，工作也丢了。

得找份工作养活自己才行，那时北京有二十多家琴行，她就一家一家上门去应聘。无一例外，当她介绍自己是盲人时，别人先是惊讶地张大嘴巴，随即把头摇得像拨浪鼓："盲人还能调琴？没听说过。"他们试都不试就把她打发走了。

连吃了几次闭门羹，她有些沮丧，谁让自己是盲人呢，不被人们相信也不足为奇。那天走在大街上，她突然灵机一动，心想反正别人也看不出她是盲人，下次应聘时干脆冒充健全人。拿定主意，她又来到一家规模较大的琴行。果然，经理没看出她有什么异常，就找出一台琴让她调。她调得很准。经理又找出一台破琴让她修，她很快又将琴修好了。经理大为折服，当即说："没想到你小小年纪又能调又能修，还非常熟练，你明天就来上班，月薪八百元。"她暗自扬扬得意，没想到略施小计就马到成功。

哪知道,经理却准备让她上门帮顾客调琴。偌大的北京,自己怎么找啊,她犹豫了一阵,只好如实相告:"其实我是盲人。"

经理一听,吓了一跳:"盲人?真没看出来。我听说过盲人可以调律,但没想到你调得这么好。"经理的这番话让她心里燃起一线希望,于是她趁热打铁地说:"盲人做钢琴调律在欧美已有一百多年的历史了,我学的就是欧美先进技术,一定会让用户满意,也能给琴行赢得好的信誉。"

经理说:"你的技术我看到了,但是你的工作只能是上门为用户服务,钢琴卖到哪儿,你就要走到哪儿。没人带你,你能找得到用户家吗?再说,路上那么多车,要是你在路上被车撞了,我还得负责啊。"经理的话虽然说得直白,倒也合情合理,无懈可击,看来她只有打道回府了。

可她站着没动,稍加思索便反问道:"北京一年要发生许多交通事故,到底撞死几个盲人?"

"不知道。"经理真被她镇住了。

"一个也没有。"

"为什么?"

"俗话说:'淹死的全是会水的。'我看不见就会躲得远远的,汽车来了我就会尽量靠边儿。

要是能上墙头,我肯定上墙了。"

她这短短几句话有理有据,而且幽默风趣。经理笑着说:"没想到你还挺幽默,不过……"

她听经理话锋一转,情知不妙,赶紧说:"您先给我一个月的时间去熟悉大街小巷,到时候您再决定要不要我。"话已至此,哪怕是铁石心肠的人也不忍断然拒绝。经理被她的睿智和执著感动了,便说:"只要你能胜任,我非常乐意把工作交给你。"

一个月后,她果然熟悉了全北京的大街小巷,顺利地得到了这份工作。她在克服了常人无法想像的困难之后,渐渐地在琴行站稳了脚跟,而且一干就是几年。因为技艺精湛,她的名声越来越大,那家琴行的生意也越来越好。

就在老板准备重用她时,她却冷静地炒了老板的鱿鱼,开始做个体钢琴调律师。如今,她是中国音乐家协会钢琴调律学会注册会员,现任北京陈燕新乐钢琴调律有限公司经理,她就是著名的第一代盲人钢琴调律师陈燕。

当遭遇拒绝时

你被拒绝得越多,你就成长得越快;你学得越多,就越能成功。

撰文/德隆

一位刚毕业的女大学生到一家公司应聘财务会计工作,面试时即遭到拒绝,理由是她太年轻,公司需要的是有丰富工作经验的资深会计人员。女大学生没有气馁,一再坚持地对主考官说:"请再给我一次机会,让我参加完笔试。"主考官拗不过她,答应了她的请求。结果,她通过了笔试,由人事经理亲自复试。

人事经理对这个女孩颇有好感,因为她的笔试成绩最好。不过,女孩的话让经理有些失望,她说自己没有工作过,唯一的经验是在学校掌管过学生会财务。

人事经理不愿找一个没有工作经验的人做财务会计,只好敷衍道:"今天就到这里,如有消息,我会打电话通知你。"

女孩从座位上站起来，向人事经理点点头，然后从口袋里掏出一美元，双手递给人事经理，说："不管是否录取，都请您给我打个电话。"

人事经理从未见过这种情况，竟一下呆住了。不过他很快回过神来，问："你怎么知道我不给没有录用的人打电话？"

"您刚才说有消息就打，那言下之意就是没录取就不打了。"

人事经理对这个年轻女孩产生了浓厚的兴趣，问："如果你没被录用，当我打电话时，你想知道些什么呢？"

"请告诉我，我在什么地方不能达到你们的要求，我在哪方面不够好，我好改进。"

"那一美元……"

没等人事经理说完，女孩微笑着解释道："给没有被录用的人打电话不属于公司的正常开支，所以由我付电话费，请您一定打。"

人事经理马上微笑着说："请你收回这一美元。我不会打电话了，我现在就正式通知你，你被录用了。"

就这样，女孩用一美元敲开了机遇的大门。

细想起来，女孩成功的道理其实很简单：一开始便被拒绝，女孩仍要求参加笔试，说明她有坚毅的品格。财务是十分繁杂的工作，没有足够的耐心和毅力是不可能做好的。她能坦言自己没有工作经验，显示了一种诚信，这对搞财务工作尤为重要。即使不被录取也希望能得到别人的评价，说明她有直面不足的勇气和敢于承担责任的上进心。女孩自掏电话费，说明了她思维的灵活性，并巧妙地展示了自己公私分明的良好品德，这更是财务工作不可或缺的。

大器何必晚成

大器不必晚成，趁着年轻，努力让自己的才能创造最大的价值。

撰文/罗欣

我就读的商学院是一所名校，不少成功人士以到这里发表演讲为荣耀。作为学生的我们，便常常被迫反复聆听富翁们大同小异的发家史。然而，就是在这些走马灯般往来于讲台上的人当中，有一位老人的演讲让我终身难忘。老人并没有从青年立志奋斗之类的内容开始自己的话题。

"我给你们讲一个故事，"他一上来就这么说道，"有一个富翁，他很有钱，但是都放在银行里，从不肯花。他的父母没钱养老，他不肯拿出钱来帮助；他的妻子重病在床，他不肯拿出钱来治病。最后他的家人都离他而去，他才幡然悔悟，花了很多钱为他们建造墓园，大办丧事，以求获得心灵的安慰。大家说，这个人是不是很愚蠢？"

"是啊。"我们纷纷答道。

"而那个人就是我,"他说,"所以我不配站在这里为你们演讲。以前站在这里的,都是你们的榜样,可我不是。"

大家沉默了许久之后,一位同学站起来说:"我在杂志上读过您的传记,您的父母和妻子因为贫困去世,那都是在很久以前的事情了。那时候您还没有成功,也没有钱,这不是您的过错。"

"是呀,正是因为这些挫折,您才立志创业,才有了今天的成就,所以您是我们学习的榜样啊!"另一位同学说。

老人微微地笑了:"正是这成功让我陷入了深深的懊悔之中。年轻的时候,总觉得岁月漫长,有大把的青春可以挥霍,随心所欲,不求进取。一般像我这样的人,大都会以穷困潦倒的结局收场吧。如果真是那样,我可能还不会像现在这样懊悔,因为我知道自己

没有能力帮助我的亲人们。可我后来发现，我有才能，可我没有拿出来用，我最爱的人们没能享受到我的才能带给他们的幸福就去了。虽然我为父母和妻子修建了奢华的墓园，可我知道，我的父母在阴暗的蜗居里去世，我的爱人再也不能与我一起在阳光下奔跑，这些是永远无法改变的了。"

老人抬起一直垂下的眼睛，望着我们说："如果你们觉得自己有才能，就在你们还年轻的时候，努力让自己的才能创造最大的价值。一个人，如有大器，就不要让它晚成，否则就会像我一样，虽然成功，但却是抱憾终生。"

第二百零一次叩门

记住，别轻易地放弃叩门，成功会在你下一次叩门时，微笑着迎接你的。

撰文/阿健

那年我没考上大学，将那张谁都不会正眼瞧一下的高中毕业证书塞到箱底，便和那些陆陆续续的下岗者，一道加入了满大街找工作的大军。

年纪轻轻，又无一技之长的我，在一次次求职碰壁后，心情黯淡地找遍所有能搭上边儿的亲属网，也没有找到一个可以助我一臂之力的人。看来，我注定要承受太多的冷落和失败了。

屡次碰壁之后，一家保险公司的经理同意我做一名业务员。虽说没有固定薪水，报酬是按承揽的业务额提成，但我还是很高兴，毕竟找到了一份可以尝试的工作。不管它有多苦多难，我别无选择，我太需要一份工作了，太需要证明我已经长大了。

于是，我怀揣着宣传单和协议书，开始了苦辣酸甜皆有的"扫楼"

的日子。上岗第一天，我跑了整整一个上午，一共跑了六十二家单位和私宅，没有谈成一份业务。拖着沉甸甸的双腿从大街上走过，我的眼泪都快要流出来了，我真切地感到了这份工作的艰难。看到那些穿着漂亮的时装、从眼前走过的同龄人，我更有一种说不出的伤感。

我忍住了泪水，轻轻地告诉自己——再去试试，估计叩到第一百个门的时候，总会碰到一份欣喜吧？

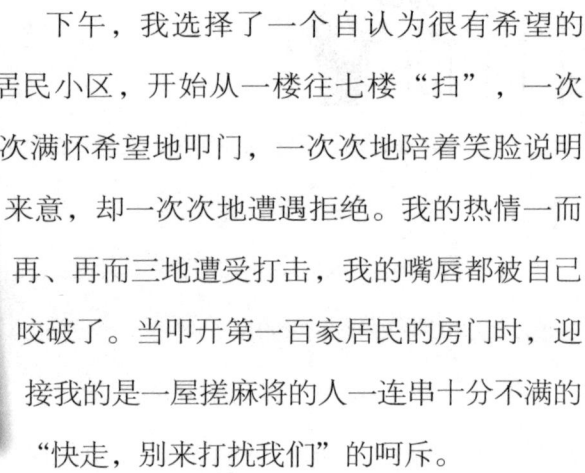

下午，我选择了一个自认为很有希望的居民小区，开始从一楼往七楼"扫"，一次次满怀希望地叩门，一次次地陪着笑脸说明来意，却一次次地遭遇拒绝。我的热情一而再、再而三地遭受打击，我的嘴唇都被自己咬破了。当叩开第一百家居民的房门时，迎接我的是一屋搓麻将的人一连串十分不满的"快走，别来打扰我们"的呵斥。

歇息了一会儿，我给自己又订了一个计划——再走五十家，若还是揽不到一位投保人，就甩手不干了。主意已定，我又鼓起勇气，开始耐心地去叩门，热情地去推介，但除了失败还是失败。夜幕降临时，我又叩了四十二个门，最后依然是满怀失望地朝家走去。

第二天，我显然没有最初那份热切的期望了。叩完八个门之后，我一脸沮丧地坐在一栋楼前的花坛边，把那一张张花花绿绿的宣传单抱在

怀里,想着怎么回去跟那位答应让我试试的经理交差。

　　这时,不远处正在玩弹子的一对祖孙吸引了我的目光。只见那个小男孩一次次地弹击前面的弹子,但总是偏差那么一点点儿。祖父在一旁耐心鼓励道:"差一点儿了,再试一次。"小男孩满头大汗地坚持着,一次次充满自信地弹击着……那情景让我怦然心动,我知道自己该怎么做了。就在我刚刚站起身来的时候,身后便响起小男孩畅快的欢呼声:"击中了,击中了,击中了!"

　　但我没有那个小男孩那么幸运,迎接我的还是失望。一百九十一、一百九十二、一百九十三……越往下数,我的脚步越沉重。大概我命中注定不该吃这碗饭吧,我开始怀疑自己的选择和能力。

　　来到最后一个门洞的五楼,当我第二百次叩门时,我收到的依然是深深的失望。扶着楼梯,我大口地喘息着,心想就此回头,去他的"保险业务员",我这辈子再也不干这苦差事了。

然而,顺着楼梯,我看到六楼微启的门,脚竟不由自主地往上挪去。而这一次叩门,我不仅叩到了打工以来的第一次成功,也叩出了此后一连串的成功。当那位家庭主妇同意为儿子加投一份人身保险时(她的儿子已在学校办理了一份人身保险),我欣喜得竟然泪眼模糊了。

虽说接下这笔小小的业务,我只能拿到十五元钱的提成,但它给我的鼓舞却是无法估量的。我知道了:如果在第二百次那一瞬间,我放弃了继续努力,那所有的失败都将一钱不值;而坚持下来,所有的努力都将重新计算价值。

此后,我又遭遇了无数次失败,但我从未灰心,而是一次次地从头再来,最终我谈成了一笔笔可观的业务,得到了很高的报酬,成了本地保险界的"知名人士"。

一天,当我坐在一家保险公司的部门经理的位置上,为几个初遇挫折便想打退堂鼓的年轻人打气时,我由衷地鼓励他们:"记住,别轻易地放弃叩门,成功会在你下一次叩门的时候,微笑着迎接你的。"

多努力一次

成功的秘诀就在于多努力一次。为了成功,你努力了多少次?

撰文/佚名

一对从农村来城里打工的姐妹,几经周折才被一家礼品公司招聘为业务员。

她们没有固定的客户,也没有任何关系,每天只能提着沉重的钟表、影集、茶杯、台灯以及各种工艺品的样品,沿着城市的大街小巷去寻找买主。五个多月过去了,她们跑断了腿,磨破了嘴,仍然到处碰壁,连一个钥匙链也没有推销出去。

无数次的失望磨掉了妹妹最后的耐心,她向姐姐提出两个人一起辞职,重找出路。姐姐说,万事开头难,再坚持一阵,也许下一次就有收获。可妹妹不顾姐姐的挽留,毅然告别了那家公司。

第二天,姐妹俩一同出门。妹妹按照招聘广告的指引到处找工作,姐姐依然提着样品四处寻找客户。那天晚上,两个人回到出租屋时却是两种心境:妹妹求职无功而返,姐姐却拿回来推销生涯的第一张订单。一家姐姐四次登过门的公司要召开一个大型会议,向她订购二百五十套精美的工艺品作为与会代表的纪念品,总价值二十多万元。姐姐因此拿到两万元的提成,淘到了打工的第一桶金。从此,姐姐的业绩不断攀升,订单一个接一个而来。

六年过去了,姐姐不仅拥有了汽车,还拥有一百多平方米的住房和自己的礼品公司。而妹妹的工作却走马灯似的换着,连穿衣吃饭都要靠姐姐资助。

妹妹向姐姐请教成功的真谛,姐姐说:"其实,我成功的全部秘诀就在于我比你多了一次努力。"

两千五百个"请"

遇到困难时不要放弃,要记住,坚持到底就是胜利。

撰文/袁文良

三年前,米·乔伊遭遇公司裁员,失去了工作,从此一家六口的生活全靠他一人外出打零工挣钱维持,经常是吃了上顿没下顿,有时一天连一顿饱饭也吃不上。

为了找到工作,米·乔伊一边外出打工,一边到处求职,但所到之处都以其年龄大或者单位没有空缺为借口将其拒之门外。然而,米·乔伊并不因此而灰心,他看中离家不远的一家建筑公司,于是便向公司老板寄去第一封求职信。信中他并没有将自己吹嘘得如何能干,如何有才,只简单地写了这样一句话:"请给我一份工作。"

这家名为底特建筑公司的老板麦·约翰收到这封求职信后,让手下人回信告诉米·乔伊"公司没有空缺",但米·乔伊仍不死心,又给公司老板写了第二封求职信。这次他还是没有吹嘘自己，只是在第一封信的基础上多加了一个"请"字："请请给我一份工作。"

此后，米·乔伊一天给公司写两封求职信，每封信都不谈自己的个人情况，只是在信的开头比前一封信多加一个"请"字。

三年间，米·乔伊一共写了两千五百封信，即在两千五百个"请"字后是"给我一份工作"。见到第两千五百封求职信时，公司老板麦·约翰再也沉不住气了，亲笔给他回信："请即刻来公司面试。"面试时，麦·约翰告诉米·乔伊，公司里最适合他的工作是处理邮件，因为他"最有写信的耐心"。

当地电视台的一位记者获知此事后，专程登门对米·乔伊进行采访，问他为什么每封信都只比上一封信多增加一个"请"字时，米·乔伊平静地回答："这很正常，因为我没有打字机，只能用手写，而每次多加一个字，是让他们知道这些信没有一封是复制的。"

当这位记者问老板为什么要录用米·乔伊时，老板麦·约翰不无幽默地说："当你看到一封信上有两千五百个'请'字时，你能不受感动吗？"

父亲的教导

展现自我的风采，用加倍的努力来赢取成功。

撰文/佚名

大约在玛丽亚十二岁时，有个女孩子总是跟她过不去，她老是挑玛丽亚的缺点，什么她讲话声音太大，她是皮包骨，她不是好学生，她是捣蛋鬼，她骄傲自大……

有一回，听完玛丽亚的"控诉"后，她的父亲平静地问道："玛丽亚，知道自己的真实情况难道不好吗？你可以把那个女孩子的看法一一写在纸上，在正确的地方标上记号，其他的则不必理会。"

遵照父亲的话，玛丽亚把那个女孩子的意见罗列下来。她惊讶地发现，这个女孩子所讲的差不多有一半是正确的。有一些缺点是玛丽亚无法改变的，例如她特别瘦的身材；但是大多数她都能改，并愿意立即改掉它们。有生以来，玛丽亚第一次对自己有了一个较为全面而清晰的认识。

升入中学后,有一天,同学们说好到附近的湖边去野炊。那天很阴冷,玛丽亚的母亲千叮万嘱,要她千万别下湖。可是,当别人下水时,不甘落后的玛丽亚也穿上游泳衣,跳上划艇。当她最后划向岸边时,几个顽皮的男同学开始摇晃她的船;在要靠岸时,她的船翻了。为了不掉进水里,玛丽亚一个大步想迈上岸去,却不料踩到了一个破瓶子,玻璃碎片一直插到她脚跟的骨头上。

玛丽亚被送进了医院。父亲来看她,她辩解说:"我所有的同学都认为下湖不会有什么问题。如果我老实地在船里待着,就不会出事了。"

"但他们都错了!"父亲语重心长地说,"你会发现世界上有不少人,他们自认为在对你负责。不要忽视他们的意见,但你只能吸收正确的,并努力去做你认为是正确的事情。"

在人生许多关键的时候,父亲的这个教导总是萦绕在玛丽亚的耳边。由于一个偶然的机会,玛丽亚

来到好莱坞闯荡。在电影城,她试遍了每一家制片厂。岁月流逝,转眼两年一晃而过,玛丽亚还没有找到正式工作,只能当一名候补演员。

有一位导演讨厌她的外表,他说:"你的脖子太长、鼻子太大,你这副样子永远演不了电影。"

玛丽亚想:"倘若这位导演说的是正确的,我对此也没有办法。对我的脖子和鼻子,我又能怎样呢?可是,也许这意见并不对呢。我觉得应该继续用加倍的努力来赢取成功!"

后来,一位名叫杰罗姆·科恩的人给了她所需要的正确意见,他对玛丽亚说:"你应该学会用你自己的方法去演唱。"

她认真地思索着科恩先生的话,觉得很对。这些话开始鼓舞着玛丽亚,正像父亲常对她讲的那样。不久,好莱坞夜总会宣布候补演员演出节目。同以往一样,"候补玛丽亚"又一次登台了。

但这次,玛丽亚不再试图模仿别人,她决心做真正的自己。她不想施展所谓的魅力,而只是穿上一件普通的镶有黑边的白罩衫,用她在德克萨斯学到的唱法放开喉咙歌唱。玛丽亚终于成功了,终于找到了梦寐以求的工作。

给生活一张漂亮的脸

就算生活再艰难，也要一边痛着，一边笑着，给生活一张漂亮的脸。

撰文/闫荣霞

她们是我的亲人。

第一个女人天生丽质。据说小时候她曾被抱上戏台，扮演秦香莲的女儿。待化上妆，人们个个啧啧称叹："这丫头，长大准是个美人！"果然，她越长大越漂亮，柳叶眉杏核眼，樱桃小口一点点，往那儿一站，倾倒一片。可惜父母早丧，哥嫂做主把她嫁给一个老实巴交的农民。她自叹命苦，常常蓬头垢面地坐在炕头，骂天骂地，骂猪骂鸡，骂丈夫骂儿女，然后睡在炕上哼哼——她把自己气得胃痛。

所以她的心情基本有两种，不是发怒就是发愁。发怒的时候，她的两只眼睛使劲儿往大睁；发愁的时候，脸上有两个大疙瘩攒在眉心。

第二个女人和第一个正相反，年轻时绝不能说漂亮。我见过她十七

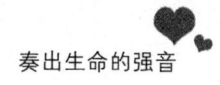

岁时的照片,黑黑的皮肤,瘦骨嶙峋,看不出一丝美丽。当时家境贫困,她是长女,早早就挑起生活的大梁,饱受辛苦和磨难。

后来她也嫁给一个农民,穷得叮当响,连栖身之处也没有。她无奈地借住在娘家,东挪西借盖起几间遮风挡雨的房子。结果没住满三年,顶棚和墙壁还白得耀眼,弟媳妇前脚娶进来,后脚就把他们踢出门。

两口子只能再次筹钱盖房,旧债未还,新债又添,不得不咬着牙打拼。丈夫在外边跑供销,四季不着家。家里十几亩农田舍不得扔下不管,女人就在当民办教师之余,一个人锄草浇地、割麦扬场……

七月流火,烈焰一般的太阳烘烤大地。她放了学就往田地里赶,一头扎进去,头也顾不上抬,汗水滴滴答答地流下来。她的家里有两个孩子,一个七岁,一个五岁。两个孩子负责做饭,他们合力把一口锅抬到

灶上，水开了放把米，煮一会儿，生熟都不知道，再合力抬下来。午饭的时间到了，女人草草回家吃一碗没油没盐的饭，接着往学校赶。

就这样，他们终于又盖起一座体面的新房，于是她和儿子开玩笑："小子，以后这房子给你娶媳妇，要不要？"儿子心有余悸："妈，人家会不会再把咱们赶出来？"她眼一瞪："敢！这是咱家的地盘！"

没想到人算不如天算，新房子压住了规划线，立时三刻又要拆迁。她哭都没力气了，只说了一个字："拆！"她把宅基退后三米，咬着牙说："再盖！"

拆拆盖盖中，转眼十几年过去了。这样苦，这样难，她从不怨天尤人，整天都是说说笑笑的。她最爱说的一句话是："哭也是一天，笑也

是一天，为什么不高高兴兴地过日子呢?"

如今她一家子都搬离农村，进了城。她也老了，反而比年轻时好看：脸上平展，不见皱纹，仅仅眼角处有几条有限的鱼尾纹，还统统像猫胡子一样往上翘，搞得她不笑也像在笑，让人觉得亲近。

这两个女人，第一个是我母亲，第二个是我婆婆。有一天，她们亲密地坐在一起时，才发现岁月分别给予了她们什么：我婆婆是一张笑脸，我母亲是一张哭脸。母亲的一生虽然风平浪静，但是总不满意，不快乐，一张脸苍老疲惫，皱纹纵横交错，仿佛哭过似的；婆婆的一生虽然跌宕起伏，但因凡事都乐观，宽大的心胸让她越老越添风韵，成了一个魅力十足的漂亮老人——这个发现让我触目惊心。

从这两张脸上，我见识了什么是时间的刀光剑影，也明白了什么叫真正的"相由心生"。

生活就是这样一种东西：你用笑脸对它，它就还给你一张恒久温暖的笑脸；你用哭脸对它，它就会把这副哭脸毫不客气地贴回到你的脸上。对一个女人而言，把美丽留在脸上是一项艰巨的工程。多少人热衷于护肤和美容，却忽略了心灵的力量。

所以，就算再艰难，为了自己的美丽人生，还是要一边痛着，一边笑着，给生活一张漂亮的脸。

给自己信心

一分信心,一分努力,一分成功;十分信心,十分努力,十分成功。

撰文/罗长美

有一个年轻人,好不容易获得一份销售工作,他勤勤恳恳地干了大半年,非但毫无起色,反而在几个大项目上接连失败。而他的同事,个个都干出了成绩。

他实在忍受不了这种痛苦,于是来到总经理办公室,惭愧地说,可能自己不适合这份工作。

老总沉默了一会儿,然后平静地说:"你就这样走了?以失败者的身份离开,你真的甘心?"年轻人沉默不语。

"安心工作吧,我会给你足够的时间,直到你成功为止。到那时,你再要走我不留你。"老总的宽容让年轻人很感动。

过了一年,年轻人又走进老总的办公室。不过这一次他是轻松的,

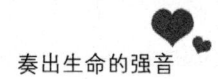

他已经连续七个月在公司销售排行榜中高居榜首,成为当之无愧的业务骨干。他想知道,当初,老总为什么会将一个败军之将继续留用呢?

"因为,我比你更不甘心。"老总的回答完全出乎年轻人的预料。

年轻人大感不解,老总解释道:"记得当初招聘时,公司收下一百多份应聘材料,我面试了二十多个人,最后却只录用了你一个。如果接受你的辞职,我无疑是非常失败的。我深信,既然你能在应聘时得到我的认可,也一定有能力在工作中得到客户的认可,你缺少的只是机会和时间。与其说我对你仍有信心,倒不如说我对自己仍有信心——我相信我没有用错人。"

从老总那里,年轻人懂得了只要给自己一份信心,那么迎接自己的也许就是一个全新的局面。

给自己一片悬崖

给自己一片没有退路的悬崖,就是给自己一个向生命高地冲锋的机会。

撰文/佚名

一位原籍上海的中国留学生刚到澳大利亚的时候,一连几个月没有找到合适的工作。一天,在唐人街一家餐馆打工的他,看见报纸上登出了澳洲电讯公司的招聘启事。留学生担心自己的英语不地道,专业不对口,就选择了线路监控员的职位去应聘。

过五关斩六将,眼看他就要得到那年薪三万五千美元的职位了,不想招聘主管却出人意料地问他:"你有车吗?你会开车吗?我们这份工作要时常外出,没有车寸步难行。"这位留学生初来澳大利亚还属无车族,但为了争取这个极具诱惑力的工作,他不假思索地回答:"有!会!⋯⋯""四天后,开着你的车来上班。"主管说。

四天之内要买车、学车谈何容易,但为了生存,留学生豁出去了。

他向朋友借了五百澳元,从旧车市场买了一辆外表丑陋的"甲壳虫"。第一天,他跟华人朋友学习简单的驾驶技术;第二天,他在朋友屋后的那块大草坪上摸索练习;第三天,他歪歪斜斜地开着车上了公路;第四天,他居然驾车去公司报到了。时至今日,他已是澳洲电讯公司的业务主管了。

  这位留学生的专业水平如何我无从知道,但我确实佩服他的胆识。如果他当初畏首畏尾地不敢向自己挑战,绝不会有今天的辉煌。那一刻,他毅然地斩断了自己的退路,让自己置身于命运的悬崖绝壁之上。正是面临这种后无退路的境地,人才会集中精力奋勇向前,从生活中争得属于自己的位置。

好好挺着

面对人生的逆境,不要妥协,而要选择坚强,好好挺着。

撰文/温英杰

"好好挺着!"第一次听到这句话时,我正在一家银行贷款。那年,我才十八岁,刚接到一所师范大学的录取通知书。那时,父亲正病重,已在床上躺了一年。弟弟和妹妹还小,都在中学读书。于是,我这个长子便在万般无奈之下捏着村里的证明到区银行去借钱。

接待我的是位五十多岁、头发花白的老伯。他接过我的证明,略微一看,便抬起头细细地打量我。我的心中不由得惶惑起来,慌乱之中的我只穿了一条旧短裤与一件红背心,还赤着脚。

良久,他才淡淡地说:"你就是那个刚考上大学的?"

我轻轻地"嗯"了一声,便低头装着看自己的脚丫。

那位老伯放下手中的证明,摸着花白的头发在窄窄的室内踱起步来。我慌了,心想这回准借不到钱。以前我曾听别人说过,现在向银行借钱,要先给红包,再给回扣,还要找经济担保人。可是我哪来的钱给红包,给回扣,找谁做担保?我想伸手去拿回证明,因为我事先已想好:万一借不到钱,我便不去读书,而去广东打工。我不相信我不能靠自己的双手来养家。

"别动!"一声轻喝吓了我一跳。老伯慢慢地踱过来,轻轻按住我的手,问道:"借多少?""起码要三千元。"我知道自己的学费要两千元,弟弟和妹妹至少要六百元,便轻轻地说。

"三千元?!能要这么多?"老伯惊疑地看着我。"是的,我们三兄妹都读书。"老伯便不再说什么,坐在桌边签写着一张发票。

当我捏着一叠钱正准备走时,那位老伯突然走过来,站在我的面前,目光定定地望着我。他把手搭在我的肩上,用力地摇了摇,说:"小伙子,千万要好好挺着,以后的日子还很长。"那时,正是八月下旬,天气很闷热。我望着门外火辣辣的阳光,再看看手中的钱和那位老伯,泪便滚了下来。

进了学校,办理好一切手续后,我便骑着一辆租来的单车吱吱呀呀地在城里转悠了几天。终于,我找到两份打工的差事:替别人守书摊和当家庭教师。每周有三天的下午,从一点到五点,我替别人守书摊;

每周三、周五、周日,我给一个初二的学生辅导功课。

书摊的摊主是个很和善的老头。他说他已经摆了近十年的书摊,准备不摆了,可是他听完我的境遇后便雇了我,说还想再摆几年。我照看书摊很是认真。时间久了,老头便夸我这样的人难得,准会有出息。

可令我伤心的是,那个家教学生的母亲却很刁蛮,她不管自己女儿的功课底子如何,一定要求我将她女儿的成绩提高到某种程度。她还说拿了钱就得办事,就得办好事。

委屈的我在一个雨后的中午与书摊的老头说起这件事。老头听了,良久才抬起昏花的眼睛,说:"再忍一忍,挺一挺吧,以后的日子还很

长呢!"没想到在异地他乡,又一个萍水相逢的人对我意味深长地说出这个"挺"字。我不禁流下一滴热泪,也暗下决心一定要好好挺着。

大二时,父亲的病慢慢好了起来。这时弟弟和妹妹也相继接到大学与中专的入学通知书。那天,又是盛夏,我再次赤着脚,顶着火辣辣的太阳,去那家银行借钱。当时,我的贷款已达万元,银行的领导不想借了,让我去别处再想办法。

我没说什么,我知道我无法可想。我找到了那位曾给我签过借据的老伯。他没说什么,只是将我带到银行主任那儿,然后说:"借给他吧,我做担保。"

我的鼻子一酸,眼泪再一次流了出来。我知道这万元的巨款若用我毕业后那二三百元的工资,就是还到猴年马月也还不清,我更知道届时银行将会对提供担保的人采取一定的措施。但没容我再想下去,老伯便牵着我走了。他又一次摇摇我的肩,说:"小伙子,好好挺着,以后的日子还长呢。"

是的,以后的日子还长,我该好好挺着。两年前的某一天,当我和弟弟、妹妹还清最后一笔贷款时,这个信念又一次坚定起来。是的,不管日后的路途如何艰险,不管生活的风雨如何鞭打我稚嫩的双肩,我都不会妥协。我要选择坚强,好好挺着。

还有一个苹果

面对人生旅途中的挫折与磨难,我们不仅要有勇气,更要有坚强的信念。

撰文/杨昆

曾经有人说过这样一个耐人寻味的故事:

一场突然而来的沙漠风暴,使一位旅行者迷失了前进的方向。更可怕的是,旅行者装水和干粮的背包也被风暴卷走了。他翻遍身上所有的口袋,只找到了一个青苹果。

"啊,我还有一个苹果!"旅行者惊喜地叫着。

他紧握着那个苹果,独自在沙漠中寻找出路。每当干渴、饥饿、疲乏袭来的时候,他都要看一看手中的苹果,抿一抿干裂的嘴唇,陡然又会增添不少力量。

他一次次跌倒了,又一次次爬了起来,艰难地前行。他一遍又一遍地在心中默念着:"我还有一个苹果!我还有一个苹果……"

一天过去了，两天过去了，第三天，旅行者终于走出了荒漠。那个他始终未曾咬过一口的青苹果，已干巴得不成样子，他却宝贝似的一直紧攥在手里。

在深深赞叹旅行者之余，人们不禁感到惊讶：一个表面上看来微不足道的青苹果，竟然会有如此不可思议的神奇力量！

是的，这是信念的力量！这是精神的力量！

信念，是成功的起点，是托起人生大厦的坚强支柱。在人生的旅途中，不可能总是一帆风顺，事随人愿。有的人身躯可能先天不足或后天病残，但他却能成为生活的强者，创造出常人难以创造的奇迹，这靠的就是信念。对一个有志者来说，信念是立身的法宝和希望的长河。

信念，是蕴藏在心中的一团永不熄灭的火炬。信念，是保证一生追求目标成功的内在驱动力。坚定的信念，是永不凋谢的红花。

换只手举高你的自信

遇到困难时，我们要用自信战胜困难，战胜自己。

撰文/马国福

考上高中后，我从乡下到城里寄宿读书。城里的学生很有钱，成绩也很好，因而我总是很自卑。上课老师提问时，城里的学生都抢着回答，我却从不抬头，也几乎从不举手回答问题。

我的物理基础很差，物理课上老师几乎每堂课都要提问，但很少叫坐在后排的我回答问题。可有一次，老师问了一道我不懂的问题，同学们争先恐后地举手，我想反正我举手老师也不会提问我，受虚荣心的支配，我也举起了手。结果老师偏偏叫我回答，我起立后哑口无言，当众出丑，同学们哄堂大笑。

放学后，我一个人坐在教室里琢磨那道题，耳朵里始终回响着同学们的哄笑声，不争气的泪水掉了下来。这时物理老师进来了，他深入浅出地给我讲解了那道题，然后和蔼地说："学习时不要不懂装懂，出身农村不是你的过错，这反而是一种资本，你不要自卑。以后我提问时遇到你懂的题你举起左手，不懂的题你举起右手，我就知道该不该叫你回答了。"老师的话使我深受感动。

此后的物理课上我就按老师所说的做了。期中考试结束后，老师对我说："这段时间你举左手的次数为二十五次，举右手的次数为十次。再加把劲儿，争取把举右手的次数降到五次。"

细心的老师竟然统计出我举左右手的次数，我暗下决心争取不举右手，从此遇到难题我宁可不吃饭不睡觉也要把它攻克。期末考试时我考了全班第一名，老师欣慰地对我说："你终于不举右手了。"

后来，我终于考上了大学。老师来送我时，只对我说了一句话："别让自卑打倒你的自信，换只手举高你的自信。"我终于明白了老师的良苦用心：他让我举右手并且少举右手只是为了让我超越自己，换只手举高自己的自信，是让我战胜自己啊！

在人生的道路上，我们免不了遇到对手和困难，如果不能举左手，那我们做的第一件事就是"举起自己的右手"……

胡萝卜、鸡蛋和咖啡

我们要像咖啡一样，勇敢地改变逆境，这样才能创造美好的生活。

撰文/佚名

一个女儿对父亲抱怨她的生活，抱怨事事都那么艰难。她不知道该如何应付生活，想要自暴自弃。她已厌倦抗争和奋斗，好像一个问题刚解决，新的问题就又出现了。

她的父亲是位厨师，他把她带进厨房。他先往三只锅里倒入一些水，然后把它们放在旺火上烧。不久锅里的水烧开了，他往第一只锅里放些胡萝卜，在第二只锅里放只鸡蛋，在第三只锅里放入碾成粉末状的咖啡豆。他将它们浸入开水中煮，一句话都没有说。

女儿咂咂嘴，不耐烦地等待着，不知道父亲在做什么。

大约二十分钟后，父亲把火关了。他把胡萝卜和鸡蛋捞出来，分别放在盘子里，然后又把咖啡舀到一个杯子里。

做完这些后,他才转过身问女儿:"亲爱的,你看见什么了?"

"胡萝卜、鸡蛋、咖啡。"她回答。

他让她靠近些,并让她用手摸摸胡萝卜。她摸了摸,注意到它们变软了。父亲又让女儿拿一只鸡蛋并打破它。将壳剥掉后,她看到的是只煮熟的鸡蛋。最后,他让她喝了咖啡。

品尝到香浓的咖啡,女儿笑了。她好奇地问道:"父亲,这意味着什么?"

父亲解释说,这三样东西面临同样的逆境——煮沸的开水,但其反应各不相同。胡萝卜入锅之前是强壮的,结实的,毫不示弱,但进入开水之后,它变软了,变弱了。鸡蛋原来是易碎的,它薄薄的外壳保护着它呈液体的内脏。但是经开水一煮,它的内脏变硬了。而粉状咖啡豆则很独特,进入沸水之后,它们反倒改变了水。

"哪个是你呢?"他问女儿,"当逆境找上门来时,你该如何反应?你是胡萝卜、鸡蛋,还是咖啡豆?"

机会总爱乔装成麻烦

"麻烦"能让你学会很多东西，也是锻炼你的机会，因此不要害怕"麻烦"。

撰文/程玉珍

那是一个星期五的下午，马上就要到下班的时间了。因为是周末，很多员工都显得松弛了，他们纷纷盘算着怎么度过休息的时间。

不久，一位陌生人走进来问朗格，哪儿能找到一位助手，可以帮他整理一下资料，因为他手头有些工作必须当天完成。朗格问道："请问您是？"他回答："我们公司也在这个楼层，我是一位律师，我知道你们这里有速记员。"

朗格告诉他，公司里的所有速记员都去看体育比赛了，如果晚来五分钟，自己也会走。但朗格却说，自己还是愿意留下来帮他，因为"比赛以后还有的是机会，但是工作啊，必须在当天完成"。

做完工作后，律师问朗格："我应该付您多少钱？"朗格开玩笑地回答："哦，既然是您的工作，大约一千美元吧。如果是别人的工作，我是不会收取任何费用的。"律师笑了笑，向朗格表示谢意。

朗格的回答不过是一个玩笑，他没有真正想得到一千美元。但出乎意料，那位律师竟然真的这样做了。三个月之后，在朗格已将此事忘到九霄云外时，律师找到了朗格，交给他一千美元，并且邀请朗格到自己的公司工作，薪水比他现在的要高得多。

如果不是你的工作，而你做了，这就是机会。有人曾经研究为什么当机会来临时我们无法把握，答案是：因为机会总是乔装成"麻烦"的样子。

坚持最久的女孩

世间最容易的事是坚持，最难的事也是坚持。要记住，坚持到底就是胜利。

撰文/黄志军

还很清楚地记得刚进大学时的模样，转眼之间就大四了。于是，我开始坐立不安，因为是女生，因为学的是外贸，因为英语学得不够特别好……虽然我有一堆奖状与荣誉证书，心里依旧满是焦灼。

十二月份，当上海海运学院召开"双选会"的消息传来，我立即赶奔上海，拿着推荐表，一个单位一个单位地打听，一个展位一个展位地跑，然而到最后也没跑出个眉目。

老同学见到我的第一句话就是："哎呀，看来打击不小啊，瞧你面无表情，两眼发直，恨不得把上海滩都踏平！"我笑而不答，心里却很明白，这一趟对我的触动还真大：站在人家面前要开口说话，才知道自己的自信是那么不足，面试过了才知道自己知之甚少；碰过几回钉子才知道下一次该怎样努力。

宁波市的人才交流会在年前举行,第一天上午我就准时赶到了。当我好不容易挤到一个名叫"致远国际货运有限公司"的展位前时,传到耳朵里的是:"怎么又是个女生啊!对不起,我们已经招满了。"

我转身要走,可就在回头的那一瞬间,我看到身后还有那么多人在挤着前来应聘,于是我打消了退出的念头,决定再试一试。

我默默地在展位前呆了一段时间,待求职者稍微少了一点儿,便不失时机地把手中的资料递到一位年长些的先生手上。可是,他连看都没看就递给了身边的人,身边的人又传给了另一个人,然后我的材料就淹没在一堆黄黄绿绿的自荐书中。

一股巨大的力量推动着我,我几乎想都没想,就在那堆黄黄绿绿的材料中把自己的推荐表抽了出来,毫不客气地递到第一个人手里:"先

生，可不可以给我一个面试的机会？"

"如果你觉得你有这个能力，就自己过去试试。"说完，他把材料递给了"面试官"，同时又接过下一个男生的资料。

这下我没有了退路，只能勇往直前。在"面试官"面前，我调动了自己所拥有的几乎全部英文单词和语法来对付他的提问。不知过了多长时间，这个很酷的人突然说："下午来公司面试吧。"

下午去公司参加第二次面试时，我赫然发现早上接材料的第一个人竟是公司老总！我伸伸舌头，心想完了，上午态度恶劣，有报应了。没想到的是，在连珠炮似地回答完老总的问题后，他却一改早上的严肃，对我说："现在可以和你签协议吗？"

我愣了一会儿，不知为何好运已从天而降。"我上午就注意到你了，你是在我们展位前坚持得最久的一个女孩。做代理，除了综合素质，毅力同样很重要，恭喜你！"

走出公司的大门，阵阵凉风拂来，但我的心中暖意融融。是的，就在放弃与坚持之间的那一步，决定了我的输赢。

坚持，让我取得胜利。

今天是个好日子

遇到困难时不要抱怨,既然改变不了过去,那么就努力改变未来。

撰文/佚名

"如果这是今天最糟糕的事,那么今天是个好日子",这是杰瑞父母的生活哲学。一旦发生什么糟糕的事,他们总是这样面对,并且教导孩子们从噩运中发掘美好的一面,把坏事转化成积极的动力。

在杰瑞生长的乡村小镇,如果要买结婚蛋糕这类特别一点儿的东西,必须经历来回六十英里(一英里约合一千六百米)的艰难跋涉。杰瑞和格伦举行结婚典礼的前一天,格伦便进行了这样一次远行。他带回一只多层蛋糕,蛋糕上盖了张蜡纸,以此保护糖霜。现在它正躺在汽车的后座上。

格伦骄傲地拉开车门,爸爸、妈妈和杰瑞跑过去想一睹为快。他们一边欣赏着漂亮的蛋糕,一边赞叹着那结着霜的白玫瑰花饰,还有蛋糕上闪闪发亮的一对新人雕像。

就在这时，雷克斯，他们的爱犬，从爸爸的身边溜了过去。它一下子跳到后座上，勉强保持了一两秒钟的平衡，最后重重地落在盖蛋糕的蜡纸上。

"雷克斯，不要！"四个人异口同声地喊道。说时迟那时快，蛋糕上的一对新人雕像已经倒下，几层蛋糕塌在一起。雷克斯知道自己闯祸了，它夹着尾巴爬到车门边，对着杰瑞的脸做出道歉的样子，结果却把杰瑞珍贵的蛋糕仅存的完好部分踩坏了，最后它干脆"扑通"一声坐在那乱糟糟的一团上。

每个人都笑了，只有杰瑞除外。"我的蛋糕啊，"杰瑞号啕大哭，"婚礼全给毁了！"格伦拥着杰瑞说："亲爱的，有你有我就有婚礼。只要我们拥有对方，一切都是完美的。"

"如果这是今天最糟糕的事，"活跃的爸爸好像吟诗一样，"那么今天是个好日子。"

"永远不要忘记还有更坏的可能性。"妈妈体会得到杰瑞绝望的心情，她安慰杰瑞说。接着，她对丈夫和格伦说："你们两个男人把雷克斯抱走，然后把蛋糕拿到餐桌上。"

一家人把东倒西歪的蛋糕仔细地研究了一番，最后，妈妈拿起电话拨了两个号码。"婚礼计划不变，就当什么都没发生。"妈妈一锤定音。

第二天上午十点,负责在婚宴上分蛋糕的两个表妹碧尤拉和乔治娅来了。"我们是蛋糕造型师。"她们嘻嘻哈哈地宣布着。她们带来了自制的白蛋糕、几碗白色的糖霜,还有几盒西点奶油。她们一连干了几个小时。当蛋糕恢复原形时,杰瑞的心情也恢复了。

　　妈妈、碧尤拉和乔治娅用糖霜把一块块白蛋糕粘到需要修补的地方,再把奶油抹到补丁上,将破损掩盖起来。"看,我们用糖霜和奶油把昨天的一团糟变成了今天的杰作。"妈妈微笑着说。

婚礼如期举行。当修补如初的结婚蛋糕出现在宾客面前时,人群中不断地传来赞美声:"啊,多美的婚礼蛋糕啊!"那一刻,格伦在杰瑞的耳边轻声说:"我想我们会继承你父母的哲学——如果这是今天最糟糕的事,那么今天是个好日子。"

在现实生活中,我们经常会遇到挫折和困难,面对难题时是怨天尤人、自卑失望,还是积极应对、设法解决,这体现出一个人的心态。

人生难逢开口笑,不如意事常八九。所以除了极为少数的幸运儿外,大多数人真正衣食无忧、一切顺利的日子并不多。可以说,逆境占据了人生的大部分时光,处理不好逆境,其实就是荒废人生,因此,善于处理逆境就是善待人生。

救生索

意志力是人的一条救生索，它可以帮助我们脱离困境，引导我们走向胜利。

撰文/佚名

在一片茂密的丛林里，四个皮包骨头般的男子扛着一只沉重的箱子，跟跟跄跄地向前走着。这四个人是跟随队长进入丛林探险的，不幸的是队长得了重病，长眠在这片丛林中。

这只箱子是队长在临死前亲手制作的，四个人并不知道里面是什么东西。

临终前，队长对四个人说："我要你们向我保证，一步也不离开这只箱子。如果你们把箱子送到我的朋友麦教授手里，你们将分到比金子还要贵重的东西。我想你们会送到的，我也向你们保证，比金子还要贵重的东西，你们一定能得到。"

密林的路越来越难走，箱子也越来越沉重，四个人的力气却越来越

小了。他们在泥潭中苦苦地挣扎着,有好几次他们都想要放弃那只箱子,但是想到箱子里面那比金子还贵重的东西时,他们便重新振奋起精神,奋力前行。

这只箱子支撑着这四个人的意志,否则他们全都倒下了。

终于有一天,四个人历经千辛万苦,终于走出了丛林。他们急忙找到麦教授,迫不及待地问起应得的报酬。

教授说:"我是一无所有啊,噢,或许箱子里有什么宝贝吧。"于是当着四个人的面,教授打开了那只箱子。但是大家一看,就全都傻了眼,原来箱子里满满地装着一堆乱石。

"这开的是什么玩笑?"第一个人说。"屁钱都不值。"第二个人吼道。"比金子还贵重的报酬在哪里?我们上当了。"第三个人愤怒地嚷着。

此刻,只有第四个人一声不吭,他想如果没有这只箱子,他们四个人或许早就倒下去了⋯⋯ 于是他站起身来,对伙伴们大声说:"你们不要再报怨了,我们已经得到了比金子还贵重的东西。"

那三个人连忙问道:"是什么?"

第四个人说:"是我们的生命。"

靠自己成功

用自己的双手去创造生活,用辛勤的汗水来实现人生的梦想。

撰文/猛醒

一个乞丐来到一处庭院,向女主人乞讨。这个乞丐很可怜,他的右手连同整条手臂都断掉了,空空的袖子晃荡着,让人看了很难过。可是女主人毫不客气地指着门前的一堆砖,对乞丐说:"你帮我把这堆砖搬到屋后去吧。"

乞丐生气地说:"我只有一只手,你还忍心叫我搬砖,这不是捉弄人吗?"女主人并不生气,俯身搬起砖来。她故意只用一只手搬了一趟砖,然后说:"你看,并不是非要两只手才能干活。我能干,你为什么不能干呢?"

乞丐怔住了,用异样的目光看着妇人。终于,他俯下身子,用唯一的一只手搬起砖来。他一次只能搬两块,整整搬了两个小时,才把砖全部搬完。他累得气喘如牛，脸上落了很多灰尘。

妇人递给乞丐一条雪白的毛巾，乞丐用手巾仔细地把脸和脖子擦过一遍，很快白毛巾变成了黑毛巾。

妇人又递给乞丐二十元钱。乞丐接过钱，感激地说："谢谢你。"

妇人说："你不用谢我，这是你自己凭力气挣的工钱。"

乞丐说："我不会忘记你的，这条毛巾也留给我做纪念吧。"说完那人深深地鞠一躬，就上路了。

过了很多天，又有一个乞丐来到这处庭院。那位妇人把乞丐引到屋后，指着砖堆对他说："你把这堆砖搬到屋前，我就给你二十元钱。"这个双手健全的乞丐却鄙夷地走开了。

妇人的孩子不解地问母亲："上次你叫乞丐把砖从屋前搬到屋后，这次你又叫乞丐把砖从屋后搬到屋前。你到底想把砖放在屋后，还是放在屋前呢？"母亲对他说："砖放在屋前或者屋后都一样，可是搬不搬对乞丐来说就不一样了。"

此后又来过几个乞丐，那堆砖也就在屋前和屋后来回地转了几趟。

若干年后，一个衣着体面的人来到这处庭院。他西装革履，气度不凡，跟那些自信、自重的成功人士一模一样。美中不足的是，这个人只有一只左手，右边是一条空空的衣袖，一荡一荡的。

来人弯下身子，用仅有的那只手拉住已经有些老态的女主人，说："如果没有你，我还是个乞丐。可是现在，我是一家公司的董事长。"

妇女已经记不起来他是哪一位了，只是淡淡地说："这是你自己干出来的。"

独臂的董事长要把妇人和她的一家人都接到城里去住，过好日子。妇人却说："我们不能接受你的照顾。""为什么？""因为我们一家人个个都有两只手。"

董事长伤心地坚持着："你让我知道了什么叫人，什么是人格，那座房子是你教育我应得的工钱！"

妇人终于笑了："那你就把房子送给连一只手都没有的人吧。"

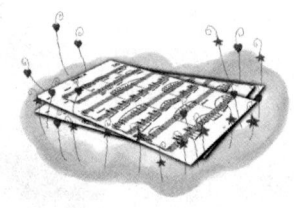

练钢琴

勇敢地接受挑战，不断地超越自我，这样才能激发出你的无限潜能。

撰文/佚名

一位音乐系的学生走进练习室，钢琴上，摆着一份全新的乐谱。

"超高难度……"她翻动着乐谱，喃喃自语，感觉自己对弹奏钢琴的信心似乎跌到了谷底。

已经三个月了！自从跟了这位新的指导教授之后，她不知道为什么教授要以这种方式整人。她勉强打起精神，开始用十只手指头奋战……

指导教授是位极有名的钢琴大师。授课第一天，他给自己的新学生一份乐谱。乐谱的难度颇高，学生弹得生涩僵滞，错误百出。

"还不熟，回去好好练习！"教授在下课时，如此叮嘱学生。

学生练了一个星期，第二周上课时正准备让教授验收，没想到教授又给了她一份难度更高的乐谱。"试试看吧！"他说。上星期的课，教授提都没提。学生再次挣扎于更高难度的技巧挑战。

第三周,更难的乐谱又出现了。同样的情形持续着,学生每次在课堂上都被一份新的乐谱所困扰。不管她怎么努力,都追不上教学的进度,她感到不安、沮丧和气馁。

当教授又走进练习室时,学生再也忍不住了,她疑惑地问教授:"为什么这三个月来,您要不断地折磨我?"教授没开口,只是抽出最早的那份乐谱,交给学生。"弹奏吧!"他以坚定的眼神望着学生。

不可思议的事情发生了,连学生自己都惊讶万分,她居然可以将这首曲子弹奏得如此美妙,如此精湛!教授又让学生试了第二堂课的乐谱,学生依然有着超高水准的表现……演奏结束后,学生怔怔地看着老师,说不出话来。

"如果,我任由你表现最擅长的部分,可能你还在练习最早的那份乐谱,就不会有现在这样的表现……"钢琴大师缓缓地说。

劣势与优势

在成功面前，没有所谓的优势和劣势。把握好自身的条件和际遇，你就能成功。

撰文/艾琳

有的时候，人的劣势未必就是劣势，可能反而会成为优势。

有一个十岁的小男孩，在一次车祸中失去了左臂，但是他很想学习柔道。最终，小男孩拜一位日本柔道大师做了师父，开始学习柔道。他学得不错，可是练了三个月，师父只教给他一招。

一天，小男孩忍不住问师父："我是不是应该再学学其他的招术？"师父回答说："不错，你的确只会一招，但是你只需要会这一招就够了。"小男孩不大明白师父的意思，但是他很相信师父，于是就继续练了下去。

几个月后，师父第一次带小男孩去参加比赛。小男孩自己都没有想到居然轻轻松松地赢了前两轮。第三轮稍稍有些难，但对手还是很快就变得有些急躁，连连进攻。小男孩敏捷地施展出自己的那一招，又赢了。就这样，小男孩进入了决赛。

决赛的对手比小男孩高大、强壮许多，也似乎更有经验。小男孩有些招架不住了。不过，趁对手放松戒备时，小男孩立刻使出他的那一招，制服了对手，由此赢得比赛，当上冠军。

回家的路上，小男孩和师父一起回顾每场比赛的每一个细节。小男孩鼓起勇气，道出了心里的疑问："师父，我怎么凭一招就当上了冠军？"

师父答道："有两个原因：第一，你几乎完全掌握了柔道中最难的一招；第二，就我所知，对付这一招唯一的办法是对手抓住你的左臂。"

令人崇敬的母亲

对坚强的人来说，不幸就像铁犁一样开垦着他内心的大地，虽然痛，却可以播种。

撰文/（美）玛丽·莱坚特

像大多数小孩子一样，我相信我的母亲无所不能。她是个精力充沛、朝气蓬勃的女性，打网球，缝制我们所有的衣服，还为一个报纸专栏撰稿。我对她的才艺和美貌崇敬无比。

母亲爱请客，她会花好几个小时做饭前小吃，摘下花园里的鲜花摆满一屋子，并把家具重新布置一遍，好让朋友们尽情跳舞。然而，最爱跳舞的是母亲自己。

我会入迷地看着她在欢聚前的盛装打扮。直到今天，我还记得我们喜爱的那袭配有深黑色精细网织罩衣的裙子，那件衣服把她的金黄色头发衬托得格外美丽。然后，她会穿上黑色高跟舞鞋，成为在我眼中全世界最美丽的女人。

可是在她三十一岁时，她的生活变了，我的也变了。

仿佛在突然之间，她因为生了一个良性脊椎瘤而导致瘫痪，平躺着睡在医院的病床上。我当时年仅十岁，年纪还太小，不能领会"良性"一词是怎样的反话，因为，她从此以后便永远不一样了。

母亲以她对其他一切事物的那种积极心态面对她的疾病。经过一段时间的治疗，母亲终于可以起来坐轮椅了，于是她开始尽力学习一切有关残疾人士的知识，后来成立了一个名叫残障社的辅导团体。

有天晚上，母亲带我的妹妹和我到那里去。我从没见过那么多身体上有各种不同残障的人。我回到家里，心想我们是多么幸运啊。母亲还介绍我们认识一些大脑麻痹的患者，让我们知道他们大都和我们同样聪明。她又教我们怎样和弱智的人沟通，还告诉我们他们时常都很亲切热情。

由于母亲那么乐观地接受了她的处境，我也很少对此感到悲伤或怨恨。可是有一天，我不能再心平气和了，在我母亲穿高跟舞鞋的形象消失以后很久，我家有个晚会。当时我十几岁，当我看到微笑着的母亲坐在一旁看她的朋友跳舞时，突然醒悟到她的身体缺陷是一件多么残酷的事。我的脑海里再度映现出母亲容光焕发、翩翩起舞的倩影，不知道她自己是否也记得。我靠近她时，看到她虽然面带微笑，却热泪盈眶。我跑回自己的卧室，哭了起来，对我母亲身受的不平深感愤慨。

我长大后在州监狱任职，母亲毛遂自荐到监狱去教授写作。我记得只要她一到,囚犯们便围着她,专心地聆听她讲的每一个字,就像我小时候那样。她甚至在不能再去监狱时,仍与囚犯们通信。

有一天,她交给我一封信,叫我寄给一个姓韦蒙的囚犯。我问她信可不可以看时,她答允了,但她完全没想到这封信会给我带来多大的启示。信是这么写的:

亲爱的韦蒙:

自从接到你的来信后,我便时常想到你。你提起关在监狱里是多么难受,我深为同情。可是你说我不能想象坐牢的滋味,那我觉得非要说你错了不可。

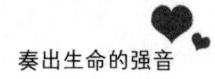

监狱是有许多种的,韦蒙。我三十一岁时有天醒来,人完全瘫痪了。想到自己被囚在躯体之内,再也不能在草地上跑或跳舞或抱我的孩子时,我便伤心极了。

有好长一段时间,我躺在那里,问自己过这种生活究竟值不值得。我所重视的所有东西,似乎都已失去了。

可是,后来有一天,我忽然想到我仍有选择的自由。比如,我看见我的孩子时应该笑还是哭?我应该咒骂上帝还是请他加强我的信心?换句话说,我应该怎样运用仍然属于我的自由意志?

我决定尽可能充实地生活,设法超越我身体上的缺陷,扩展自己的思想和精神境界。我可以选择为孩子做个好榜样,也可以在感情上和肉体上枯萎死亡。

自由有很多种,韦蒙。我们失去一种,就要寻找另一种。你可以看着铁栏,也可以穿过铁栏往外看;你可以成为年轻囚友的榜样,也可以和捣乱分子混在一起。

就某种程度上说,韦蒙,我们的命运相同。

看完信时,我已泪眼模糊。然而,我这时才能把母亲看得更加清楚。我再度感觉到一个女儿对她无所不能的母亲的崇敬。

另一扇梦想之门

勇敢地迎接逆境,即使不能实现最初的梦想,也会打开另一扇梦想之门。

撰文/张莉莉

每年五月,是英国著名的圣劳伦斯美术学院的入学考试时间。来到这里的考生,都怀揣着一个关于绘画的彩色梦想,而圣劳伦斯则是他们的梦想得以实现的重要桥梁。

在画室里,作为考官的教授们从一端走到另一端,随时对这些孩子的作品打着分数。第一天素描考试结束,大部分教授在心里都有了人选,于是在第二天的色彩考试中,他们格外关注那些自己挑中的学生。油画系的威尔斯教授也是如此。但是当他经过自己中意的那个男孩身边时,一些特别的颜料引起了他的注意。

那是不同于市面上出售的颜料,每个代表颜料颜色的包装都被拆掉,被人贴上了写有颜色名字的标签。更不可思议的是,在那个男孩半掩着的颜料箱里,有一张写得密密麻麻的小纸条。

威尔斯仔细地盯着纸条,才看清楚上面的内容:苹果是红色的,梨子是明黄色的,绛紫色的葡萄……威尔斯疑惑地看着那个画画的男孩,这是他昨天发现最有潜力的学生,素描作品完成得非常出色——扎实的基本功、清晰整洁的构图、细腻的光影过渡……每一个细节都近乎完美。那个男孩作画的时候,眼睛里还放射着光芒!然而今天,男孩的手是颤抖的,他的眼神如死灰般黯淡,时不时还会紧张地吞着口水。完全判若两人!威尔斯在考生中来来回回地走了数次,突然想明白了什么。

几周后,圣劳伦斯美术学院的网站上公布了新生录取名单。威尔斯忙碌了一天离开学校时,在校门口看到了一张熟悉的脸,一个瘦高的男孩。男孩不停地向学校里面张望,眼神中满是失落和无奈,却还有一丝渴望。

"嗨!小伙子!"威尔斯走过去,跟他打招呼。男孩略显紧张:"嗨!"

"我叫威尔斯,是这所学院的油画导师。"威尔斯向男孩伸出手。

"我叫杰克,我,是个落榜生。"说完男孩低下了头。"跟我来,小伙子。"不等男孩回答,威尔斯用他的大手揽住男孩的肩膀,像揽住自己的孩子一般。杰克被威尔斯拉到一个小型车间似的地方。门被打开的一刹那,杰克突然怔住了,这里面简直就是个小型美术馆,到处都是绘画和雕塑作品,而且都是上乘之作。他呆呆地站在门口好一会儿,直到威尔斯叫了他两三次才应声走进去。威尔斯递给他一个调色盘,指着一个画架,让杰克画地上放着的一组静物。面对眼前这一切,杰克猛然间乱了方寸,完全不知道该做些什么了。

"说说你为什么喜欢画画?"这个问题算是给杰克解了围,于是杰克开始滔滔不绝地讲了起来。他谈论起举世闻名的绘画大师,谈论他们的绘画风格,出神入化的色彩运用……谈着谈着,他却越来越没了精神,他觉得自己就像是背书一样,背着那些从绘画典籍中看来的关于色彩的评说,还有那些美妙的变幻莫测的颜色。

威尔斯走到杰克身边,说:"知道吗,杰克,曾经,我最大的梦想

并不是成为画家,而是站在篮球场上,做一名职业球员。""那你为什么没选择篮球?"杰克好奇地问。威尔斯没有说话,只是轻轻地卷起左腿的裤管——他的左小腿竟然是假肢!

"每个人都有一个最初的梦想,但因为各种原因,有可能失去或者根本就不具备完成这个梦想的能力。无论如何,我们都要坦然面对,积极努力,即使不能实现最初的梦想,也会打开另一扇梦想之门。"说完,威尔斯拿起手帕蒙住杰克的眼睛,把一个石膏像放到杰克的手里,接着说:"色彩虽然千变万化,但不是绘画艺术的全部;除了鼻子上的眼睛,画家的双手也是一双眼睛。为什么不试试用双手'看'色彩?"

那天之后,威尔斯再也没有见过杰克。直到六年之后的一天,威尔斯在报纸上看到一则关于巴黎现代艺术作品展的报道,文中写着:"年轻的雕塑家曾经因为色盲症无法考取著名的美术学院,但在一名导师的启迪下,他用自己的双手代替无法辨别颜色的眼睛,在雕塑界一举成名。他非常感激这位给了自己方向的导师,虽然这位导师没有给他上过一堂绘画课,但是却为他的梦想之门打造了一把宝贵的钥匙……"

威尔斯的眼睛模糊了,他抬起头,在弥漫的泪光中,一个瘦瘦高高的身影正朝他走来……

溜冰的启示

这世间最可依赖的不是别人,而是你自己。不要指望他人,一定要坚强自立。

撰文/罗兰

从前,有一位体育老师教我们溜冰。开始时,我不知道技巧,总是跌倒,所以他给我一把椅子,让我推着椅子溜。

果然,此法甚妙。因椅子稳当,可以使我站在冰上如站在平地上一般,不再跌跤。而且,我可以推着它前进,来往自如。

我想,椅子真是好。于是,我一直推着椅子溜。

溜了大约一星期左右,有一天,老师来到溜冰场,一看,我还在那里推椅子哪!这回他走了过来,一言不发,把椅子从我的手中搬走。

失去了椅子,我紧张得大叫起来,结果脚下不稳,一下子跌倒在地。我嚷着要那把椅子。

老师站在一旁,看着我叫嚷,却无动于衷。我只得自力更生,站稳

了脚步。

  这才发现,我在冰上溜了这么久,椅子已帮我学会了许多。但推椅子只是一个过程,真要学会溜冰,非得把椅子拿开不可——没有人带着椅子溜冰,是不是?

  不要以为你离开了某人就活不下去!

  更不要使你自己离开某人就活不下去!

  世上没有人可以支持你一生!

  别人可以在必要时扶你一把,但别人还有别人的事,他不能变成你的一部分来永远支持你。所以还是拿出力量来,承认"坚强独立、自求多福"这八个字吧!

萝卜花

苦难和幸福一样,都是生命盛开的花朵。

撰文/丁立梅

萝卜花是一个女人雕刻的,用料是萝卜,她把它雕成一朵朵月季花的模样。花盛开,很喜人。女人在小城的一条小巷子里摆地摊,卖小炒。一小罐煤气、一张简单的操作平台,她的摊子就摆开了。她卖的小炒只有三样:土豆丝炒牛肉、土豆丝炒鸡蛋、土豆丝炒猪肉。

女人三十岁左右,瘦,皮肤白皙,长头发用发卡别在脑后。惹眼的是她的衣着,整天不离开油锅,应该很油腻才是,可事实并非如此。她的衣服极干净,外面罩着白围裙。衣领那儿露出里面的一点儿红,是红毛衣或红围巾。她每过一会儿就换一下围裙,换一下袖套,以保持整体衣着的干净。令人惊奇且喜欢的是,她每卖一份小炒,就在装给你的方便盒里放上一朵雕刻的萝卜花。"这样装在盒子里的,才好看。"她说。

不知是因为女人的干净,还是她的萝卜花,一到吃饭时间,女人的摊子前总是围满人。五块钱一份的小炒,大家都很耐心地等待着。女人不停地翻炒,而后装在方便盒里,而后放上一朵萝卜花。整个过程充满美感。于是,一朵一朵素雅的萝卜花,就开到了人们的饭桌上。

我也去买女人的小炒。去的次数多了,渐渐地知道了她的故事。

女人以前有个很殷实的家。男人是搞建筑的,还算有钱。但不幸的是,在一次施工中,男人从尚未完工的高楼上摔了下来,被送进医院,医院当场就下了病危通知书。女人几乎倾尽所有来抢救男人,才捡回男人的半条命。不过男人瘫痪了。

从此,女人的生活不再优裕。年幼的孩子、瘫痪的男人,女人得一肩扛一个。她考虑了许久,决心摆摊卖小炒。有人劝她,街上有那么多家饭店，你卖小炒能卖得出去吗？女人想，也是，总得弄点儿和别人不一样的东西吧？于是她想到了雕刻萝卜花。当她静静地坐在桌旁雕刻时，她突然被自己手上的美震慑住了。一根再普通不过的萝卜，在眨眼之间，竟能开出一小朵一小朵的花来。女人的心一下子充满期望和向往。

就这样，女人的小炒摊子摆开了，并且很快成为小城的一道风景。下班后赶不上买菜的人，都会相互招呼一声，去买一份萝卜花吧，于是就都晃到女人的摊前来了。

一次，我开玩笑地问女人："攒多少钱了？"女人笑而不答。一小朵一小朵的萝卜花，很认真地开在她的手边。

没多久，女人竟出人意料地盘下一家酒店，用她积攒的钱。她负责配菜，还把瘫痪的男人接到店里管账。女人依然衣着干净，在所有的菜肴里，依然喜欢放上一朵她雕刻的萝卜花。"菜不但是吃的，也是用来看的。"她说着，眼睛很亮。一旁的男人气色也好，没有颓废的样子。

女人的酒店慢慢地出了名。提起萝卜花，大家都知道。

生活，也许避免不了苦难，却从不会拒绝一朵萝卜花的盛开。

绿色缎带

许多人缺少的不是美,而是自信的气质。

撰文/柯钧

同伴们都有了自己的恋人,但是,没有人喜欢害羞的姑娘玛莉。玛莉心情沉重地在商场里走着,忽然一块标着"吸引异性物"的招牌挡住了她。招牌后放着一些缎带,周围摆着各式各样的蝴蝶结。

玛莉在那儿站了一会儿,尽管她有勇气戴,但还是为她母亲是否允许她戴上那个又大又显眼的蝴蝶结而犹豫不决。是的,这些缎带正是伙伴们经常戴的那种。

女售货员热情地说:"亲爱的,这个对你来说再合适不过了。你有这么一头可爱的金发,又有一双漂亮的眼睛,孩子,我看你戴什么都好!"也许正是售货员的这几句话,玛莉把一条绿色缎带打成蝴蝶结,戴在头上。

女售货员用评价的眼光看了看那条缎带的位置,赞同地点点头,说:"很好,哎呀,你看上去无比美丽。""这个我买了。"玛莉说。她为自己做出决定时的音调感到惊奇。"如果你想要其他在舞会、正规场合穿着的……"售货员继续说着。玛莉摇摇头,付款后向店门口冲去。她的速度是那么快,以致与一位拿着许多包裹的妇女撞个满怀,那位妇女几乎把她撞倒了。

过了一会儿,她吓得打了个寒战,因为她感到有人在后边追她,不会是因为那条缎带吧?真是吓死人了。她向四周看看,听到那个人在喊她,她吓得飞快地跑远了,一直跑到一条街区才停下来。

出人意料,玛莉的眼前正是卡森咖啡馆,她这才意识到她开始就一直想到这里来的。这里是镇上每个姑娘都知

道的地方，因为杰克——大家都喜欢的一个好小伙儿每个星期六下午都在这儿。

他果然在这儿，正坐在卖饮料的柜台旁，倒了一杯咖啡，并不喝掉。玛莉在另一端坐下来，要了一杯咖啡。很快她感觉到，杰克转过身来望着她。玛莉笔挺地坐着，昂着头，心里想着头上的那条绿色缎带。

"嗨，玛莉！""哟，是杰克呀！"玛莉装出惊讶的样子说，"你在这儿多久了？""整个一生。"他说，"等待的正是你。""奉承！"玛莉说。她因头上的绿色缎带而感到骄傲。

不一会儿，杰克在她身边坐下来，看起来似乎刚刚注意到她的头饰，问道："你的发型改了还是怎么的？""你通常都是这样注意我吗？""不，我想的是你昂着头的样子——似乎你认为我应该注意到什么似的。"玛莉感到脸红起来："这是有意挖苦吧？""也许。"他笑着说，"但是，也许我有点喜欢看到你那昂着头的样子。"大约过了十分钟，真令人难以相信，杰克邀请她改日去跳舞。当他们离开咖啡馆时，杰克主动要陪她回家。

回到家里，玛莉想在镜子前欣赏一下自己戴着绿色缎带的样子。但令她惊奇的是，她的头上什么都没有——后来她才知道，当时在撞到那位妇女时，绿色缎带就被撞掉了……

美丽的景色

不要抱怨自己所处的环境,如果改变不了环境,那么就改变自己的心态。

撰文/佚名

有两个重病人,同住在一家大医院的小病房里。房间很小,只有一扇窗户可以看见外面的世界。其中一个人,在他的治疗中,被允许在下午坐起来一个小时。他的床靠着窗户,但另外一个人终日都得平躺在床上。

每当下午睡在窗户旁的那个人在允许的时间坐起来的时候,他都会描绘窗外的景致给另一个人听。从窗口向外看,可以看到公园里的湖。湖内有鸭子和天鹅,孩子们在那儿撒面包片,放模型船,年轻的恋人在树下携手散步。在鲜花盛开、绿草如茵的地方,人们愉快地玩球嬉戏,后面的一排树顶上则是美丽的天空。

另一个人倾听着,享受着这一小时的每一分钟。他听见一个孩子差点儿跌到湖里,一个美丽的女孩穿着漂亮的夏装……同伴的述说几乎使他感觉自己亲眼目睹到外面发生的一切。

然而,在一个天气晴朗的午后,他想:"为什么睡在窗边的人可以独享看外面的权利呢?为什么我没有这样的机会?"他觉得不是滋味,他越这么想,就越想换位子。他一定得换才行!

有天夜里,他睡不着觉,只好盯着天花板看。同伴忽然惊醒了,拼命地咳嗽,一直想用手按铃叫护士来。但这个人只是旁观而没有帮忙,尽管他感觉同伴的呼吸已经停止了。第二天早上,护士来了,他们只能抬走那个病人的尸体。

过了一段时间,这个人开口问,他是否能换到靠窗户的那张床上。他们搬动了他,帮他换位置,这让他觉得很舒服。他们走了以后,他用手肘撑起自己,吃力地往窗外望……

出乎他意料的是,他看到窗外只有一堵空白的墙。

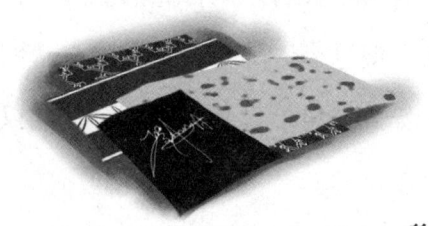

美术系的女生

所谓强者，是既有意志，又能创造时机的人。

撰文/佚名

有一位美术系刚毕业的女生，对于设计服装的布料和花样非常感兴趣，她决定要涉足这一行。只是，刚开始进入这个行业非常困难，因为无论是使用布料的服装设计师，或者是制造服装的工厂都有自己已经很熟知的供应商。对于一个完全陌生甚至还只是初出茅庐的布料设计者，他们根本就没有什么兴趣。

女生拿着一堆自己长期呕心沥血设计的作品，来到一家著名的服装设计公司。不过助理设计师说他们太忙，根本没时间看。这位女生又跑到制造服装的工厂，结果也一样。她四处碰壁，心情十分沮丧，但是她想一定要坚持下去，只要方法用对了，不断地尝试，一定能打开僵局。

有一天，这位女生来到一位知名歌星的签名会上，挤在一堆歌迷里面。好不容易轮到她和歌星握手时,女生从背包里拿出一些布样和自己的设计图对歌星说:"我非常喜欢您,很想为您设计漂亮的服饰。请您在这几块布上为我签名吧。"

歌星看了这些布料和设计图说:"哇!好漂亮哟!请你和我的服装设计师联系,我想用这些布料做衣服。这是她的电话,就说我叫你打给她的。"第二天一大早,女生来到先前被泼一头冷水的服装设计公司,拿出有歌星签名的布料,对助理设计师说:"是她叫我来找你们的,她说要用这些布料做衣服。"

助理设计师进办公室不到几分钟,著名设计师就带着满脸的笑容走出来见她。女生就这样走进了这个行业,而且愈来愈受客户的欢迎。

梦想的价值

努力可能会失败，但放弃则意味着永远不可能成功。

撰文/陈传喜

从小到大，马克家里一直都很穷——马克有六个兄弟，三个妹妹，还有别人寄养在他家的一个孩子。虽然马克没有什么钱，家里的东西也都很破旧，但是家里充满了爱和关心。

马克是快乐而有朝气的。马克知道不管一个人有多穷，他仍然可以做自己的梦。

马克的梦想就是运动。他在十六岁的时候，就能够压扁一只橄榄球，能够以每小时九十英里的速度扔出一个快球，并且撞中在球场上移动着的任何一件东西。

马克的运气也很好，他的教练是奥利·贾维斯，他不仅相信马克，而且还教马克怎样相信自己。他让马克知道了拥有一个梦想和足够的自信会使自己的生活有怎样的不同。贾维斯教练改变了马克的生活。

马克升入高中的那年暑假，一个朋友推荐他去做一份工作。那是一个挣钱的机会——有钱就可以买一辆自行车和新衣服，就意味着为他的母亲买一座房子的储蓄的开始。这份夏日的工作对马克来说是极具诱惑力的。

马克意识到如果去做这份工作，自己就必须放弃暑假的橄榄球运动，那意味着他必须告诉贾维斯教练自己不能去打球了。马克告诉了教练，结果教练真的像马克预料的一样生气了。

"你还有一生的时间可以去工作。"他说，"但是，你练球的日子是有限的，你根本浪费不起。"

马克站在教练的面前，竭力地向他解释着。为了那个替自己的妈妈买一座房子和口袋里有钱的梦想，即使让教练对马克失望，马克认为也是值得的。

"你做这份工作能挣多少钱，孩子？"教练问道。

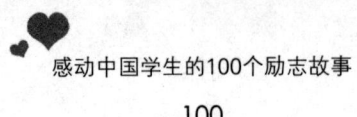

"每小时三美元二十五美分。"马克回答。

"噢,"他问道,"你认为,一个梦想就值每小时三美元二十五美分吗?"

这个问题简单得不能再简单了,它赤裸裸地摆在马克的面前,他恍然大悟。那年暑假,马克全身心地投入到运动中去。同年,马克被匹兹堡海盗队挑去做队员,并与他们签订了一份价值两万美元的合同。

后来,马克在亚利桑那州立大学里获得了橄榄球奖学金,使他获得了接受高等教育的机会。马克两次被评为全美最佳后卫。去年,马克与丹佛的野马队签订了一份价值一百七十万美元的合同。马克终于为自己的母亲买下一座房子,实现了一直以来的梦想。

你必有一样拿得出手

要想获得成功，必须肯专研。只要有一样能拿得出手，那么你就是成功的人。

撰文/林夕

我的一位商界朋友，四十五岁的时候，移民去了美国。

大凡去美国的人，都想早一点拿到绿卡。他到美国后三个月，就去移民局申请绿卡。一位比他早来美国的朋友好心地提醒他："你要有耐心等。我申请快一年了，还没有批下来。"

他笑笑说："不需要那么久，三个月就可以了。"朋友用疑惑的目光看着他，以为他在开玩笑。

三个月后，他去移民局，果然获得批准，填表盖章。很快，邮差给他送来绿卡。朋友知道后，十分不解："你的年龄比我大，钱没有我多，申请比我晚，凭什么比我先拿到绿卡？"

他微微一笑，说："因为钱。"

"你来美国带了多少钱?"

"十万美元。"

"我带了一百万美元,为什么不给我批,反而给你批呢?"

"我的十万美元,在我到美国的三个月内,一部分用于消费,一部分用于投资,一直在使用和流动。这已经在我交给移民局的税单上显示出来了。而你的钱一直存放在银行里,所以他们不批准你的申请。"

原来如此。

美国是一个十分注重效率和功利的国家,只有你对美国的社会经济发展有益,美国才能接纳你。在美国拿绿卡,只有两种人可以做到:一种是来美国投资或消费的人;还有一种人,就是有技术专长。

这位商界朋友前不久回国,给我讲了一个他在美国移民局亲眼目睹的事情，使我更深刻地理解了美国。

他在移民局申请绿卡时，曾遇到过一位中年妇女，从她被晒成古铜色的皮肤看，可以断定她是一位户外工作者。出于好奇，他上前和她搭话，一问才知她来自中国北方农村，因为女儿在美国，她才申请来美。她只读完小学，汉语都表达不好。

可就是这样一位英语只会说"你好"、"再见"的中国农村妇女，也在申请绿卡。她申报的理由是有"技术专长"。

移民官看了看她的申请表，问她："你会什么？"她回答说："我会剪纸画。"说完，她从包里拿出一把剪刀，双手灵巧地在一张彩色亮纸上飞舞，不到三分钟，就剪出一群栩栩如生的各种动物图案。

美国移民官瞪大眼睛，像看变戏法似的看着这些美丽的剪纸画，竖起手指，连声赞叹。这时，她从包里拿出一张报纸，说："这是中国《农民日报》上刊登的我的剪纸画。"

美国移民官一边看，一边连连点头，说："OK。"

她就这么OK了，旁边和她一起申请而被拒绝的人又羡慕又嫉妒。

这就是美国。你可以不会管理，你可以不懂金融，你可以不会电脑，甚至你可以不会英语。但是，你不能什么都不会！你必须得会一样，你要竭尽全力把它做到极限。这样，你就会永远OK了！

你尽力了吗

即使没有成功,但是你尽力了,你的人生也一定与众不同。

撰文/若风尘

看到一则娱乐新闻,让人格外惊讶,华人选手孔庆祥,那个外表普通的小伙子,竟然在美国红透半边天。

《美国偶像》是一个收视率很高的电视节目,曾成功地捧红多名新星。2005年1月30日晚上,这个现场直播节目出现了梳着老土的头发、长着大龅牙的华人参赛选手孔庆祥。这个十一岁从香港移民到美国,现正在某大学读三年级的男孩演唱的是瑞奇·马汀的《She Bangs》,其演唱水平是空前绝后的差劲:舞姿僵硬、英语错漏、旋律走调……没唱到一半,台下已笑成一片。

一位黑人评委用一张白纸遮掩着脸,肆无忌惮地狂笑。另一个评委、著名的电视人西蒙·科洛维尔忍无可忍,打断了孔庆祥的表演,问他:"你既不能唱,也不能跳,你来干什么呢?"

所有的人惯常地等着孔庆祥狼狈不堪地逃脱,等待下一个爆发的狂笑。出乎意料的是,孔庆祥十分平静地说:"我已经尽力了,所以完全没有遗憾。要知道,我并没有接受过任何专业训练。"说完,男孩镇定地向评委致谢,背着他的黄包走下舞台,像是一个赶着去学校的学生。

令人始料不及的是,他在舞台上那两句平静的回答,令他一夜间成为美国人的偶像!

现场直播的当天,至少有三家网站专门转播了他的表演,其中一家网站四天的点击率是四百万次!有人即时建起了孔庆祥个人网站,访问量在一周内超过七百万次。这个节目被传到多个国家和地区,无数的电视台、电台反复重播。他蹩脚的演唱进入音乐排行榜前十名。《洛杉矶时报》、《人物》杂志以及一些权威的电视节目纷纷对他进行采访,牙科诊所希望能免费为他做牙齿矫正,牙齿保健商希望和他谈广告合约……

很快,孔庆祥推出他的首张个人专辑,在美国发行首周热卖三万八千多张,在专辑销量上排第三十四名,一下子超过了美国华裔专辑最好纪录、著名大提琴手马友友排行第五十八名的成绩。

孔庆祥就这样一夜之间走红美国，甚至引起全世界的轰动。这位蹩脚歌手带来的热潮莫名其妙地超过了大提琴演奏家马友友，实在令人费解。

有人认为这是美国年轻人开始排斥当前俊男俏女型偶像潮流的反叛思维；有人认为是基于认同与同情：孔庆祥在那么强大的舞台上，是弱小的一派，既无实力也无俊容。人们议论纷纷，最后，一位社会学家一语道破天机：美国之所以推崇这样的人，不是什么另类超前，而是他用

自己的方式打动美国,走红美国。

"我已经尽力了,所以完全没有遗憾。"这是他说过的一句话,话语里充斥着一种来自心灵的坦诚,一种敢于表达的勇气。坦诚与勇气,足以打动任何人的心灵,并征服他们,这种征服是没有国界的。

你尽力了吗?

也许你比孔庆祥优秀千万倍,但是,你缺乏的也许就是他那坦诚的勇气。勇气通往天堂,坦诚感动心灵,命运之神很多时候并不全部青睐那些优秀的人,它也会向那些坦诚的人悄悄地打开一扇窗,让他们看见朗风明月。

你尽力了吗?

即使没有成功,但是你尽力了,你的人生也一定与众不同。努力了,永远不会是一片空白。只要你尽力,这个世界就会用微笑为你喝彩,鲜花就会永远为你盛开。

偏执的成功者

如果你想有所作为，那么认准方向后就必须坚持到底，有始有终。

撰文/柳君

三十年前，他在村边的公路上坡岭前摆了一个修车摊。他做过一个统计，公路边每天经过的汽车是八辆，拖拉机十一辆，自行车二十三辆。

摆这样的修车摊，几乎成了一种笑话，但是他一摆就是十年。十年后，这个无名地段有了自己的名字——修车岭。在省城长途汽车站内，只要说一声"修车岭"，那些售票员全知道，他们还知道修车岭下有一个修车铺，一个修车人常年呆在那里。当然，这一切都是站里的司机告诉他们的。

这个修车人是"傻子"，这是司机揣测的。你想啊，每天只有那么少的车经过这里，修车铺怎么会有生意呢？每天守着这样的摊子，能挣到钱吗？

修车人绰号真的叫"傻子",村里的人都这样称呼他。据说三十年前他突然迷上修车,花十元钱买了工具之后,就再也不肯罢手了。

又是十年后,修车人又做了一个统计,公路边每天经过的汽车有八十辆,拖拉机五十辆,自行车二百多辆。他成了忙人,每天他有修不完的车。

他成了村里最早富裕起来的人,盖起了洋楼,买了摩托车,还把修车铺扩大一倍。

又是五年后,公路扩建了,每天经过的车不计其数,他已经无法统计了。他雇用了三位帮工帮他打理修车生意,每天几乎日进斗金。据说他有数百万元的资

产了。

有商人请他合资办企业,他拒绝了。乡镇开出优惠条件让他投资经济作物种植,他也拒绝了。那都是在家坐着就可以赚大钱的事,比修车不知要好上几倍。家人骂他傻,但他却把修车铺再次扩大。

大家都笑话他,说他发疯了,仅仅一条公路哪有那么多车供他修?但是人们发现工房造好那天,门前竖起一块挂着红绶带的牌子,上面写着"机动车特殊器件加工厂"。许多人才明白,他的加工厂生产的是机动车上一些易损耗的器件。

五年后,城郊的开发区进驻了一家汽配生产公司,它的产值有三亿元,其产品远销到了海外。

也许有人已经猜到了,这家汽配公司的老总就是那个修车人。他现在是省城大学的名誉教授,给大学生讲营销课的时候,可以不用讲稿就滔滔不绝地讲上一个多小时。他说,所谓的营销,所谓的经营,就是两个字——"坚持"。在他的老家,人们仍然叫他"傻子"。但是,他从来就没有傻过。

勤奋智慧的人生

用勤奋实现梦想，用智慧成就人生。

撰文/佚名

约翰·希顿出生于金斯敦的一个穷苦人家。因为破产，受到打击后的父亲疯了。希顿也由于父亲的不幸开始了不同寻常的生活。他几乎没有受过什么学校教育，经常是有家难归、衣食无着，终日四处游荡。他染上了许多坏习惯，幸运的是他没有被这些恶习毁掉。

为了讨一口饭吃，他不得不在叔叔开的一个小饭馆里干活儿。他把酒装进瓶子里，再把瓶子装到箱子里，这样的工作他一连干了五年。由于他的身体日渐衰弱，人也变得有气无力，他的叔叔便把他赶出了店门，他又开始四处流浪。

在此后的七年，希顿饱尝了人世间的世态炎凉、人情冷暖，经历了难以言说的酸甜苦辣。

  他曾在自传中说:"我花了十八便士,租了一间又阴暗又潮湿的房子。在寒冷的冬天,我生不起火,只好孤身一人躲在被子里,除了偶尔听听窗外的凄风苦雨外,我只能在书本中寻寻觅觅。"

  后来他徒步来到了巴思,被雇为酿酒工。不久,他又回到了首都伦敦,这时他已身无分文,连鞋子和衬衫都没有。还好,他有幸在一家餐馆找到一份工作,不过他得从早上七点到晚上十一点待在地窖里工作。

  为了讨一口饭吃,他很庆幸自己找到这份"美差",但长期禁闭在地窖里不见天日,加上繁重的工作,使得他的身体垮了下来,他只得丢下这个能勉强维生的饭碗。

  不久,他又从事代理人的工作,每周赚十五先令的薪水。在此之前，他曾利用许多业余时间练字。他的书法很漂亮，这是他这一次能当上代理人的资本。工作之余，他把闲暇时间都用来逛书店。他买不起书，只能站在那里学习，一段一段地做着记录。

通过长时间的学习，他积累了深厚的文学知识。后来他换到了另外一个办公室，在这里，他每周可获得二十先令的"丰厚报酬"——这只是对他而言。他仍然埋头学习、研究。在二十八岁那年，他写了一本《熙泽奇遇》，并得以发表。

从那时起一直到死，在这漫长的五十五年中，希顿一直从事辛苦的文学创作。他发表的著作有八十七部之多，最重要的著作是《英格兰大教堂古迹》。该著作共计十四卷，是一部光彩夺目的辉煌之作，也是约翰·希顿勤劳辛酸一生的纪念碑，在这块碑上写有四个字：勤奋、智慧。

让梦想变成现实

善待人生的每个梦想，给自己信心，要知道你有能力实现它。

撰文/（美）维吉尼亚·萨迪尔 徐娜编译

五年前，萨迪尔到南方乡村搞福利工作。萨迪尔要做的就是让每个人相信自己有自给自足的能力，并激励他们去实现自己的想法。

当萨迪尔来到一个叫密阿多的小镇后，当地政府帮萨迪尔召集了二十五个靠政府福利来生活的穷人。萨迪尔和他们一一握手后，问他们的第一个问题是："你们有什么梦想？"结果每个人都用怪异的眼神看着萨迪尔，好像萨迪尔是外星人。

"梦？我们从来不做梦。做梦又不能让我们发财。"其中一个红鼻子寡妇回答萨迪尔。萨迪尔耐心地解释道："有梦想不是做梦。你们肯定希望得到些什么，希望什么事情能突然实现，这就是梦想。"

红鼻子寡妇说："我不知道你说的梦想是什么东西。我现在最想赶走野兽，因为它们总是想闯进我家咬孩子。"大家都笑了起来。萨迪尔说："哦！你想过什么办法没有？"她说："我想装一扇牢固的、可以防御野兽的新门，这样我就可以出去安心干活了。"

萨迪尔问："有谁会做防兽门吗？"一个有些秃顶的瘸腿男人说："很多年以前我自己做过门，现在恐怕已经不会了。不过我可以试试。"

接着萨迪尔问大家还有什么梦想。一个单亲妈妈说："我想去大学里学文秘知识，可是没有人照顾我的六个孩子。"萨迪尔问："有谁能照顾六个孩子？"一位孤寡老太太说："我以前帮助别人带过不少孩子，我想自己能带好那些可爱的小家伙。"萨迪尔给那个秃顶男人一些钱去

买材料和工具,就让这些人解散了。

一个星期后,萨迪尔重新召集这些穷人。萨迪尔问那个红鼻子寡妇:"你家的防兽门装好了吗?"红鼻子寡妇高兴地说:"我再也不用在家守护孩子了,我有时间去实现梦想了。"

萨迪尔接着问秃顶男人感想如何。秃顶男人对萨迪尔说:"很多年前我给自家做过防兽门,当时做得并不好,后来我就再也没有做过。这次我想一定要做好,结果真的做好了。许多人说我很了不起,能做那么结实漂亮的门。"

萨迪尔对大家说:"这位先生的经历是个很好的例子。它说明梦想真的是可以实现的。好多时候不是我们自己没有本事,而是我们不愿意去尝试,或者不愿意去努力。"

五年后,当萨迪尔来密阿多回访时,当年那二十五个穷人中,只有六个智力低下的残疾人继续靠政府福利生活,其余十九个人都过上了自给自足的幸福生活:红鼻子寡妇种的咖啡收成很好,秃顶男人成了当地有名的木匠,孤寡老太太办了个托儿所。那个上完大学的单亲妈妈最优秀,她开了一家大家具公司,吸收了许多需要帮助的人到她的公司来就业。

让生命化蛹为蝶

人生的苦难,是考验我们的"茧"。只要我们奋发向上,生命终会化蛹为蝶。

撰文/明飞龙

一个小孩,相貌丑陋,说话口吃,而且因为疾病导致左脸局部麻痹,嘴角畸形,说话时嘴巴总是歪向一边,还有一只耳朵失聪。

然而,也许这孩子注定是个生活的强者,他比一般的孩子更快地走向成熟。面对别的孩子嘲笑、讥讽的话语和目光,他总是默默地忍受着。他有自卑,但更有奋发图强的意志。当别的孩子还在玩具中打发时间时,他却沉浸在书本中。其中有很大一部分书是成人读物,他却读得津津有味,因为他从中学到了坚强,学到了一种永不放弃的品质。

为了矫正自己的口吃,他模仿古代一位有名的演说家,嘴里含着小石子讲话。看着嘴巴和舌头被石子磨烂的儿子,母亲心疼得抱着他,流着泪说:"不要练了,妈妈一辈子陪着你。"懂事的他替妈妈擦着眼泪说:"妈妈,书上说,每一只漂亮的蝴蝶,都是自己冲破束缚它的茧才变成的。我要做一只美丽的蝴蝶。"

后来,他能流利地讲话了。因为他的勤奋和善良,中学毕业时,他不仅取得了优异的成绩,还获得了良好的人缘。

1993年10月,博学多才、颇有建树的他参加全国总理大选。他的对手居心叵测地利用电视广告夸张他的脸部缺陷,然后写上这样的广告词:"你要这样的人当你的总理吗?"但是,这种极不道德的、带有人格侮辱的攻击招致大部分选民的愤怒和谴责。当他的成长经历被人们知道后,赢得了选民极大的同情和尊敬,他说的"我要带领国家和人民成为一只美丽的蝴蝶"也成为名言被广为传诵,人们亲切地称他是"蝴蝶总理"。他就是加拿大第一位连任两届的总理让·克雷蒂安。

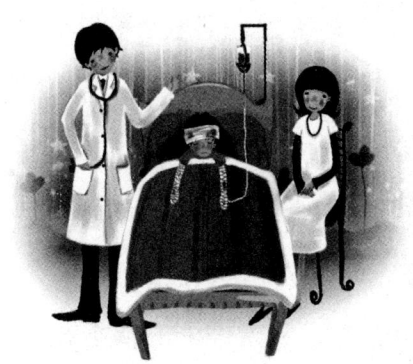

人定胜天

有决心，就有力量；有毅力，就会成功！

撰文/（美）伯特·杜宾

有一所位于偏远地区的小学由于设备不足，每到冬季便要利用老式的烧煤锅炉来取暖。有个小男孩每天都提前来到学校，将锅炉烧开，好让老师和同学们一进教室就能享受到暖气。

但有天老师和同学们来到学校时，惊讶地发现有火舌从教室里冒出来。他们急忙将这个小男孩救了出来，但他的下半身遭到严重灼伤，整个人完全失去意识，只剩下一口气。

送到医院急救后，小男孩稍微恢复了知觉。他躺在病床上，迷迷糊糊地听到医生对妈妈说："这孩子的下半身被火烧得太厉害了，能活下去的机会实在很渺茫。"

但这个勇敢的小男孩不愿就这样被死神带走，他下定决心要活下去。果然，出乎医生的意料，他熬过了最关键的一刻。但等到危险期过后，他又听到医生在跟妈妈窃窃私语："其实保住性命对这孩子来说不一定是好事，他的下半身遭到严重伤害，就算活下去，下半辈子也注定是个残废。"

这时，小男孩又在心中暗暗发誓，他不要做个残废，他一定能站起来走路。但不幸的是，他的下半身毫无行动能力，两条细弱的腿垂在那里，没有任何知觉。

出院之后，他的妈妈每天为他按摩双脚，从不间断，但仍然没有任何好转的迹象。虽然如此，他要走路的决心一直不曾动摇。

平时他都以轮椅代步。有天天气十分晴朗，他的妈妈推着他到院子里呼吸新鲜空气。他望着灿烂阳光照耀的草地，心中突然出现一个想法，于是他奋力地将身体移开轮椅，然后拖着无力的双脚在草地上匍匐前进。

一步一步，他终于爬到篱笆墙边；接着他用尽全身力气，努力地扶着篱笆站了起来。

抱着坚定的决心，他每天都扶着篱笆练习走路，走得篱笆墙边竟然出现了一条小路。他心中只有一个目标：努力锻炼双脚。

凭着钢铁般的意志，以及每日持续的按摩，他终于靠自己的双脚站了起来，然后走路，甚至能跑步。

后来，他不但能走路上学，还能和同学们一起享受跑步的乐趣。到了大学时，他还被选入了田径队。

一个被火烧伤下半身的孩子，原本逃不过死神的召唤，原本一辈子都无法走路跑步，但凭着坚强的意志，他——格林·康宁汉博士，跑出了全世界最优异的成绩。

认知生命中的"沉香"

面对困境,我们要坚守自己的信念,就像守住一段珍贵的"沉香"。

撰文/佚名

有一位富翁,垂垂老矣。他把儿子叫到面前,向儿子讲述了自己如何白手起家的故事,希望儿子也能奋发图强,靠自己的努力闯出一番天地来。

儿子听了很感动,于是决定独自一人去寻找宝物。他跋山涉水,历尽艰辛,最后在热带雨林中找到一种树木。这种树能散发出一种无比的香气,放在水里不是像别的树一样浮上水面,而是沉入水底。

他心想这一定是价值连城的宝物,就满怀信心地把香木运到市场去卖,可是却无人问津,为此他深感苦恼。当看到隔壁摊位上的木炭总是很快就能卖光时,他一开始还能坚守自己的判断,但时间最终让他改变了自己的想法,他决定将香木变成木炭来卖。

第二天，他把香木烧成木炭，结果很快被一抢而空，这个结果令他十分高兴，就迫不及待地跑回家告诉他的父亲。但父亲听了他的话，却不由得老泪纵横。原来，儿子烧成木炭的香木，正是这个世界上最珍贵的树木——沉香，只要切下一块磨成粉屑，价值就超过了一车的木炭。

　　读罢这则故事，我不由想到上初中时，老师常教导我们，做人最怕的不是贫穷，而是没有主心骨，经不住外界的诱惑，最终随波逐流，放弃自己一直坚守的最宝贵的东西。

　　世人常犯的错误就是不能正确认知、坚守自己，而总是喜欢和别人比较。印度哲学大师奥修说："玫瑰就是玫瑰，莲花就是莲花，只能去看，不要比较。"一味的比较最容易动摇我们的心志，改变我们的初衷。而比较的结果使人不是自卑，就是自傲，总之是流于平庸。

　　其实，每一个人都有一段"沉香"，但往往不能发现并珍惜它，反而对别人的木炭羡慕不已，最终的结果只能是本末倒置，让蝇头小利蒙蔽了自己的双眼。

上帝只给他一只老鼠

人生需要耐心，需要勇气，需要激情，更需要信心……

撰文/汤潜夫

这是一位孤独的年轻画家，除了理想，他一无所有。

为了理想，他毅然出门远行，来到堪萨斯城谋生。起初他到一家报社应聘，想为他们工作。编辑部周围有一个较好的艺术氛围，这正是他所需要的。但主编阅读了他的作品后很不满意，认为其作品缺乏新意而不予录用。这使他感到万分失望和颓丧。

后来，他终于找到了一份工作，替教堂作画。可是报酬极低，他无力租用画室，只好借用一间废弃车库作为临时办公室。他每天就在那间充满汽油味的车库里辛勤工作到深夜。没有比现在更艰苦的了，他想。

尤其令人烦恼的是，每次熄灯睡觉时，他就会听到老鼠吱吱的叫声和在地板上的跳跃声。为了第二天有充足的精力去工作，他忍耐了。也许是太累了,他一躺到地板上就能呼呼大睡。就这样,一只老鼠和一位贫困的画家和平共处,倒也使得这间荒弃的车库充满生机。

有一天,疲倦的画家抬起头来,刚好看见昏黄的灯光下有一对亮晶晶的小眼睛。原来是一只小老鼠。他微笑着注视这只可爱的小精灵,可是它却像影子一样溜了。窗外风声呼啸,他倾听着天籁的声响,感到自己并不孤单,好歹有一只老鼠与他为邻。它还会来的,像羞怯的小姑娘。带着这种信念,他埋头工作。

那只小老鼠果然一次次出现,不只是在夜里。他从来没有伤害过它,甚至连吓唬都没有。它在地板上做着多种运动,表演精彩的杂技。而他作为唯一的观众,则奖给它一点点面包屑。老鼠先是离他较远,见

他没有伤害它的意思，便一点点靠近。最后，老鼠竟然大胆地爬上他工作的画板，并在上面有节奏地跳跃。而他呢，决不会去赶走它，而是默默地享受与它亲近的情意。

不久，年轻的画家离开堪萨斯城，被介绍到好莱坞去制作一部以动物为主的卡通片。这是他好不容易得到的一次机会，他似乎看到理想的大门敞开一道缝。但不幸得很，他再次失败了，不但因此穷得身无分文，并且再度失业。

多少个不眠之夜，他在黑暗里苦苦思索，他怀疑自己的天赋，怀疑自己真的一文不值。他思索着自己的出路。终于在某天夜里，就在他潦倒不堪的时候，他突然想起了堪萨斯城车库里那只爬到他画板上跳跃的老鼠。灵感就在那个暗夜里闪了一道耀眼的光芒。

他迅速地爬了起来，拉亮灯，支起画架，立刻画出了一只老鼠的轮廓。有史以来，最伟大的动物卡通形象——米老鼠就这样平凡地诞生了。

这位年轻的画家就是后来美国最负盛名的人物之一——才华横溢的沃尔特·迪斯尼先生。他创造了风靡全球的米老鼠。谁能想到，曾经在那间充满汽油味的车库里生活过的一只小老鼠，是世界上最负盛名的影片的祖宗。米老鼠足迹所至，所受到的欢迎让许多明星望尘莫及，也让沃尔特·迪斯尼名噪全球。

生活是自己创造的

如果我们消极地应对生活,那么迟早会深困在自己建造的"房子"里。

撰文/朝阳

有个老木匠准备退休,他告诉老板,说要离开建筑行业,回家与妻子儿女享受天伦之乐。

老板舍不得他的好工人走,问他能否帮忙再建一座房子,老木匠说可以。但是大家都看得出来,老木匠的心已经不在工作上了,他用的是次料,出的是粗活。

房子建好的时候,老板把大门的钥匙递给他。

"这是你的房子,"老板说,"当做我送给你的礼物。"

老木匠震惊得目瞪口呆,羞愧得无地自容。如果早知道是在给自己建房子,他怎么会这样应付呢?可是以后他就得住在这座粗制滥造的房子里了。

我们又何尝不是这样？

我们漫不经心地"建造"自己的生活，不是积极行动，而是消极应付，凡事不肯精益求精，在关键时刻不能尽最大的努力。等我们惊觉自己的处境时，我们早已深困在自己建造的"房子"里了。

把你当成那个木匠吧，想想你的房子，每天你敲进去一枚钉，钉上去一块板，或者竖起一堵墙，用你的智慧好好建造吧！你的生活是你一生唯一的创造，不能抹平重建。

其实一个人即使只有一天可活，那一天也要活得优美、高贵，因为你房子的墙上写着"生活是自己创造的"。

生命的三个支点

智慧、简单、专注是生命的三个支点,凭借这三个支点,就能开启成功的大门。

撰文/佚名

有一种很小的鸟,能够飞行几万里,跨越太平洋。它需要的只是一小截树枝。它把树枝衔在嘴里,累了就把那截树枝扔到水面上,然后飞落在树枝上休息一会儿;饿了它站在那截树枝上捕鱼;困了它站在那截树枝上睡觉。

一截树枝,一个愿望,一份执著。

我们不禁敬仰于鸟的智慧,羡慕于鸟的简单,惊讶于鸟的专注。智慧、简单、专注,于人,这也是生命的三个支点吧。

一个智障的孩子,每个人见了他都会烦,包括他的父母。他整天哭闹,并且做出吓人的模样,身体不停地扭动,没有人能够让他停止下来。父母必须二十四小时照顾他,否则他会破坏家里的一切。他每天只

睡三个小时,而且在这三个小时里,还会突然醒来。他的父亲几次想把他送到社会福利院,就是无法下定决心。

孩子六岁的时候,还说不好一句话,连背诵一个单词都十分困难,而且他开始不愿见生人。医生诊断后告诉他的父母:"可怜的孩子,他得了自闭症。"

没有人能教育他,于是,父母把他带到一家儿童教养中心。那里的老师也无法管教他,因为他不停地在课堂上发出尖叫,让其他儿童惊恐不已。他的手不断地在玩东西,一刻也不休息,连睡觉的时候也在动。

老师说这样的孩子没救了,让他自生自灭吧。

有一天,孩子发现地上有一支水笔,就用它在地上画了一道线。然后,他不停地玩着这支水笔,不断地在地上画着线条。没有人阻止他这么干。

第二天,他继续画个不停。细心的老师发现了他画的这些线条,不禁惊呼道:"天哪,他竟然会画画。"

其实,这些线条并不是画,只是一个智障儿童能画出的圆形或方形的线条，但它足以让人惊讶。

老师没有像往常一样夺走他手中的东西，而是在地上铺好白纸，让他在纸上画；又给他不同颜色的水笔，让他尝试着用它们。

这个白痴就一直抓着他的水笔，除了睡觉之外的时间都在作画。没有人指导他，他的世界里只有他自己和水笔。

十年后，他的画被人拿到了拍卖会上，结果意外地卖出去了，而且被许多资深画家看好。他就这样一举成名。他的名字叫理查·范辅乐，苏格兰人。他的作品在欧洲和北美展出一百多次，已卖出一千多幅，每幅的售价是两千美元。

现在许多人在感叹一个智障的孩子竟然可以成为画家，但谁都忽略了这样的一个细节：他眼里没有其他的诱惑和干扰，只有他的水笔，即使在吃饭的时候还握着它。这有几个正常人能做到？

世界为你震动吗

面对人生的磨难，请用你的毅力来创造生命的奇迹吧！

撰文/（美）哈纳克·麦卡提

十一岁的安琪拉患了一种神经系统的疾病，这种病使她日渐衰弱，无法走路，连举手投足都受到诸多的限制。

医生对她是否能康复并不抱有太大的希望，他们预计她的余生都将在轮椅上度过。他们也表示，一旦得了这种病，就算有人能恢复正常，也可说是凤毛麟角。但这个小女孩并不畏惧，她躺在医院的病床上，向任何一个愿意倾听的人发誓，有一天她绝对会站起来走路。

她被转诊到一所位于旧金山湾区的复健专科医院，所有适用于她的治疗法都用过了，治疗师深为她不屈的意志所折服。

他们教她运用想象力，想象自己看到自己在走路。如果想象不能发挥其他效用，至少能给安琪拉希望，使她在久卧病榻的清醒时间里，能有些积极、正面的想法。

不论是物理治疗、复健治疗或是运动单元，安琪拉都竭尽全力配合。她躺在床上时总是老老实实地做想象的功课，想象看见自己能行动了，动了，真的能行动了！

有一天，她再度用尽全力想象自己的双腿又能行动时，似乎奇迹真的发生了！床动了！床开始在房间由里到外地移动！她兴奋地大叫道："看看我！看啊！看啊！我动了！我可以动了！"

当然，医院里的其他人都尖叫起来，纷纷寻找遮蔽物。这一刻，器材掉落下来，玻璃也碎裂了。这就是最近才发生的旧金山大地震，但请不要告诉安琪拉，她相信她真的做到了！而且现在，才不过几年的时间，她又回到学校上课了！用她的双脚站起来，不用拐杖，不用轮椅。

你瞧，任何人只要能震动旧金山及奥克兰之间的土地，便能克服微不足道的小毛病，您说是不是？

四毛钱的信心

做任何事都要经受得起挫折,要有恒心和毅力,满怀信心坚持到底。

撰文/马国福

上大学时,我是校报记者团的记者。

指导老师是当地一家大报的记者,已过不惑之年的他有一颗严父慈母般的心。每逢周末,他就会从报社拿回几十份报纸,让我们到外面去卖。他经常对我们说:"不当家不知柴米贵,事非亲历不知难。等你们卖完报纸,就会体会到父母供你们上大学的艰辛了。"

那天古城西安的气温高达三十八摄氏度,我们几个校报记者分头出发,出发前个个豪情满怀。我决定在人流相对集中的十字路口、公交车站、商场门口叫卖。

也许是拉不下脸皮,事先充分酝酿好的词,我一个字都叫不出来。我低声喊出了"卖、卖报"这两个字时,脸早已涨得通红,额上渗出了一层汗。我试着喊了好几次,看到旁边没有人注意,这才完整地喊道:"卖报!《西安晚报》《华商报》《三秦都市报》,不看不知道,精彩内容让你忘不了。"

听着自己蹩脚的叫喊,我情不自禁地笑了。走了很长一段路,也喊了很长一段路,但是我叫卖的报纸就是无人问津。许多打扮入时的行人向我投来异样的目光,有的还以戏弄的口气取笑我:"小伙子,卖一份报纸还不够我吸一支香烟,回家算了,看你多累。"

我的脸越来越红,恨不得找个地缝钻进去。这时,一个手持大哥大、身穿名牌T恤的中年人拿出四毛钱,在上面吐了一口痰,然后扔在地上,说:"只要你把它捡起来,我就把你的报纸全买下来。"说完,他得意地点了一支高档香烟,悠然自得地抽了起来。

旁边的人顿时笑了起来。我感觉受到了极大的侮辱,便回了他一句:"不稀罕,还是留给你上厕所交费吧!"说完便头也不回地走了。身后又传来一阵笑声。

当我走在返校的路上时,耳边回响起了指导老师说过的"事非亲历不知难"那句话,我又想起了每个月按时收到父母从千里之外寄来的微薄的汇款时那份莫可名状的苦涩,那是父母用沾满泥巴的双手辛辛苦苦挣来的钱,它负载着何等的艰辛与希望……

我收回了那份打退堂鼓的心思,似乎浑身充满了力量。我又重新放开脚步,大大方方地叫卖。在一家饭店门口摆烟摊的一位老人买了一份报纸,我得到了四毛钱。他说:"看你这个样子,就知道你是个学生娃。我的孩子在外地上大学,有时也参加勤工俭学,我佩服你们年轻人敢闯的这股劲儿。你们应

该好好锻炼自己，有些东西是书本上学不到的。"

我向他诉说了刚才的遭遇，他露出了慈祥的笑容，说："小伙子，生活中困难和挫折是少不了的，活着就得有一种精神，不管别人对你怎么样，你都必须昂首挺胸坦然面对，不能在精神上输给自己。有志者，事竟成。我相信你懂的道理比我多，我不多讲了。希望你坚持卖下去，不要害羞。祝你今天交个好运。"

老人的一番肺腑之言让我感动不已。这四毛钱点燃了我的希望之火，我的心中陡增一股说不出的激情。我不停地在人群中穿梭……到下午四点时，我将三十份报纸全部卖出。握着卖报所得的十二元钱，我的心里如同打翻了五味瓶。下午，我空着肚子走向学校，路过一家冷饮店，里面的冷饮让人口水直流，但我连一根两毛钱的冰棍也舍不得买。

我拖着疲惫的身躯走进了校报编辑室，和我一同出发的同学不到中午就回来了，有的只卖出了三四份，有的一份都没卖出去。他们说报纸没卖出去，吃饭、打的却花了十几元钱。

我终于明白了指导老师的良苦用心。我们不是缺少希望，而是当我们遇到挫折时习惯于放弃；我们不是缺乏信心，而是缺乏相信自己的勇气。在人生的道路上，成功与希望喜欢和我们捉迷藏，它只钟情于有恒心和有毅力的人。

四毛钱的信心让我掂出了一分钱的分量，我在四毛钱的方圆中领略到了人生的广阔与无限。

天生我才必有用

每个人都是一粒与众不同的种子，你要发现自己的特长，结出属于自己的硕果。

撰文/马德

有一个女孩，高中毕业后，没考上大学，被安排在本村的小学教书。

结果，上课还不到一周，由于讲不清数学题，被学生轰下台，灰头土脑地回了家。母亲为她擦了擦眼泪，安慰说，满肚子的东西，有的人倒得出来，有的人倒不出来，没必要为这个伤心，找找别的事，也许有更合适的事情等着你去做。

后来，她又随本村的伙伴一起出外打工。不幸的是，她又被老板轰了回来，原因是裁剪衣服的时候，手脚太慢了，别人一天可以裁制出六七件来，而她仅能做出两件来，而且质量也不过关。母亲对女儿说，手脚总是有快有慢的，别人已经干了好多年了，而你一直在念书，怎么快得了。说完，便为女儿打点行装，准备让她到另一个地方试试。

女儿先后到过工厂，当过纺织工，干过市场管理员，做过会计，但无一例外，都半途而止了，然而每次女儿失败而又沮丧回来的时候，母亲总是安慰她，从来没有抱怨的话。

三十多岁的时候，女儿凭着一点语言的天赋，做了聋哑学校的一位辅导员。后来，她又开办了一家自己的残障学校，再后来，她在许多城市又开办了残障人用品连锁店，她已经是一个拥有几千万资产的老板了。

有一天，功成名就的女儿凑到已经年迈的母亲面前，她想得到一个一直以来想知道的答案。那就是，那些年她连连失败，自己都觉得前途渺茫的时候，是什么原因让母亲对她那么有信心呢？母亲的回答朴素而简单，她说，一块地，不适合种麦子，可以试试种豆子，豆子也长不好的话，可以种瓜果，瓜果也不济的话，撒上些荞麦种子一定能开花，因为一块地，总有一粒种子适合它，也终会有属于它的一片收成……

听完母亲的话之后，女儿落泪了，她明白了，实际上，母亲恒久而不绝的信念和爱，就是最坚韧的一粒种子，她的奇迹，就是这粒种子执著而生长出的奇迹。

为自己埋单

只有自强、自立、自信，你才能付得起人生的账单。

撰文/吴楠

毕业于名牌大学艺术系的我，在一系列漫长艰辛的应聘中，击败了所有的对手，来到这所中国人少得被称做"外国人"的意大利独资装潢设计公司，成为设计部的一名员工。

上班第一天，一个栗色长发的外籍女孩子很明媚地冲我微笑："嗨，我是Marla。先来杯咖啡怎么样？"我看着她，忙不迭地打招呼："你好，我是阿楠。"她歪着头望着我，等待什么似的停顿了十几秒钟，见我没有更多的反应，便转身走向格子间尽头的咖啡机。不一会儿，她端着一杯热腾腾的咖啡从我面前走过。奇怪，这位"麻辣"小姐不是问我要不要咖啡吗？

我好奇地走到咖啡机前，发现上面贴着一个说明——投入十美分硬币,您将品尝到纯正的蓝山咖啡。十美分,还不足人民币一元钱,这个"麻辣"小姐不会为了区区一元钱而舍不得给我买一杯吧?

一个小时后,Marla又探过头:"楠,想喝咖啡吗?"我正忙着手头上的事,便随口应了声:"好啊!"可十多分钟过去了,我发现这个意大利女子正津津有味地品尝咖啡,似乎完全忘记了她的问话。注意到我诧异的表情,她一扬眉毛:"你真的要喝咖啡吗?"我这才恍然大悟,赶忙摸出十美分的硬币递了过去。一分钟之内,咖啡摆放在我的面前。

有来无往非礼也。下班前,我也问"麻辣"小姐:"Marla,要咖啡吗?"她递过来硬币:"有劳!"我一边啜饮,一边注意到,这里每个人喝咖啡都是自己付费,虽然仅仅只有十美分,却没有一个人提出代付。

不久,在这个奇怪得有些冷漠的环境中,我终于联系上了第一位客户。无奈他是一位从小在日本长大的先生,不会讲英文,而我的日文又太差,沟通很成问题,于是我只好求助于精通日文的"麻辣"小姐了。"麻辣"小姐看了一下客户的情况,非常认真地问我:"楠,你想好了吗?"

我没有意识到这就是将单子拱手让人。"麻辣"小姐开始事无巨细地进行前期沟通,当我开始忐忑不安的时候,客户的电话、

传真和电子邮件已经陆续转移到了"麻辣"小姐那里，而计算机里关于这位客户的所有数据，也都被"麻辣"小姐严密封锁。这可是我的第一笔单子！我急了，忍不住吼道："Marla，你怎么抢我的客户？"

"麻辣"小姐放下手中的报表，不慌不忙地说："楠，当初是你请我接手的，怎么称得上是抢呢？你的学识不足，没办法把握这个机会，请不要把责任推到别人身上。在这里买一杯咖啡都需要你亲自付费的。"我连一句反驳的话都说不出来。的确，在这里免费享用一杯咖啡都不可能，何况几十万元的客户订单？没有人会为你的人生埋单。

半个月后，我们最大的客户——清扬房产的瞿总过来参观。路过行政部的时候，一位中年男子的叫嚷声吸引了瞿总的目光。我一惊，那位男子正是我负责的客户刘先生。那是一笔不大的单子，他认为我为他做

出的设计报价有水分，多了几千元钱。宾主尽欢之际，却突然发生这种事情，场面顿时陷入尴尬的寂静中。

我毫不犹豫地站了出来，只要是我的错误，就不能等待和回避。"刘先生，我和您一起再核算一下吧。"花了大约十五分钟的时间核算，瞿总一直站在旁边查看。原来，是刘先生误算了一份工时费。刘先生显得有些不好意思，连连道歉说："我这笔小单子耽误你接待大客户了。"

我站起身，非常诚恳地对刘先生说："没关系，对我们公司来说，客户带来的效益可能有大小之分，但是在公司的眼里，每一位客户都是值得尊敬的。所以，就算有瞿总这样重要的客户在场，我们也不能停止为一位普通客户的服务。而且，每分钱都应该算得明明白白，既是对客户负责，也是对自己和公司负责。"

听到这里，瞿总紧锁的眉头舒展开了，微笑着对经理说："看来，我们是一定要合作的了！"于是，当天下午双方就举行了签字仪式。下班前，经理把我和"麻辣"小姐一起叫进了办公室，希望我们能合作完成这笔单子的设计任务。"看到阿楠勇敢地承担起自己的责任，我相信你们一定能把这一仗打得漂漂亮亮！"其实，我只是为自己的事情埋单，却意外地得到了上司的赏识。

走出经理室，我来到咖啡机前，发现不知道什么时候，上面的小贴示换了——您真的想喝一杯咖啡吗？请您为自己埋单！

我的未来

只要不让年轻时美丽的梦想随岁月飘逝，成功总有一天会出现在你的面前。

撰文/阿敏

有个叫布罗迪的英国教师，在整理阁楼上的旧物时，发现了一摞练习册。那是皮特金幼儿园B二班三十位孩子的春季作文，题目叫"我的未来"。

他本以为这些东西早就荡然无存了，没想到它们竟安然地躺在自己家里，并且一躺就是五十年。

布罗迪随手翻了几本，很快便被孩子们千奇百怪的自我设计给迷住了。比如，有个叫彼得的小家伙说自己是未来的海军大臣，因为有一次他在海里游泳，喝了三升海水都没被淹死；还有一个说，自己将来必定是法国总统，因为他能背出二十五个法国城市的名字；最让人称奇的是一个叫戴维的盲童，他认为将来自己肯定是英国的内阁大臣，因为在英国还没有一个盲人进入过内阁。总之，三十个孩子都在作文中描绘了自己美好的未来。

布罗迪读着这些作文，突然有一种冲动，何不把这些本子重新发到学生们的手中，让他们看看现在的自己是否实现了五十年前的梦想？当地一家报纸得知他的这一想法后，为他刊登了一则寻人启事。没几天，书信便向布罗迪飞来。其中有商人、学者以及政府官员，更多的是没有身份的人。他们都表示，很想知道自己儿时的梦想，并且很想得到那本作文本。布罗迪按地址一一给他们寄了过去。

一年后，布罗迪的手里仅剩下戴维的作文本没人索要。他想，这个人也许死了。毕竟五十年过去了，五十年间是什么事都会发生的。

就在布罗迪准备把这个本子送给一家私人收藏馆时，他收到了内阁教育大臣布伦克特的一封信。信中说："那个叫戴维的就是我，感谢您还为我们保存着儿时的梦想。不过我已经不需要那个本子了，因为从那时起，我的梦想就一直存在我的脑子里，从未消逝过。五十年过去了，可以说我已经实现了儿时的梦想。今天，我还想通过这封信告诉我的同学们，只要不让年轻时美丽的梦想随岁月飘逝，成功总有一天会出现在你的面前。"

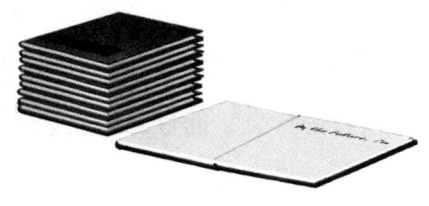

我会开一家公司

发现自己的闪光点，挖掘自己的潜能，做你真正喜欢的事业。

撰文/佚名

男孩的父母希望自己的儿子能成为一名体面的医生。可是男孩读到高中便被计算机迷住了，整天鼓捣着一台苹果计算机的主板，拆下又装上。

男孩的父母很伤心，告诉他，他应该用功念书，否则根本无法立足社会。可是男孩说："有朝一日我会开一家公司。"他的父母根本不相信，还是千方百计地按自己的意愿来培养儿子。

不久，男孩终于按照父母的意愿考取一所大学的医科专业，可是他只对电脑感兴趣。在大学的第一学期，他从一个零售商那里买来降价处理的IBM个人电脑，在宿舍里改装升级后卖给同学。

他组装的电脑不仅性能优良，而且价格便宜。不久，他的电脑不但在学校里走俏，就连附近的法律事务所和许多小企业也纷纷前来购买。

第一学期快要结束的时候，他告诉父母，他要退学。父母坚决不同意，只允许他利用假期推销电脑，并且要他保证，如果一个夏天销售不好，那么必须放弃电脑。可是，男孩的电脑生意就在这个夏季突飞猛进，仅用了一个月的时间，他就完成了十八万美元的销售额。

他的计划成功了，父母很遗憾地同意他退学。于是他组建了自己的公司，打出了自己的品牌。在很短的时间内，他良好的业绩引起投资家的关注。第二年，他的公司顺利地发行了股票，他拥有了一千八百万美元的资金，那年他才二十三岁。十年后，他创下了类似于比尔·盖茨般的神话，拥有资产达四十三亿美元。他就是美国戴尔公司的总裁——迈克尔·戴尔。

每项奇迹的开始时总是始于一种伟大的想法。或许没有人知道今天的一个想法将会走多远，但是，我们不要怀疑，只要沉下心来，努力去做，让心中的杂音寂静，你就会听见它们就在不远处，而且伸手可及。

我要去埃及

每个人的心中都有美好的梦想，只有选择坚持，你的梦想才能实现。

撰文/佚名

我记得小学六年级的时候，在一次考试中，我考了第一名。

老师送给我一本世界地图册，我非常高兴，跑回家就开始看这本地图。那天轮到我为家人烧水，我就一边烧水，一边在灶旁看地图。我觉得埃及很好，埃及有金字塔，有埃及艳后，有尼罗河，有法老王，有很多很多神秘的东西。那时我就想："长大以后如果有机会，我一定要去埃及。"

正当我看得入神的时候，突然有一个人冲出来，用很大的声音对我说："你在干什么？"

我抬头一看，原来是爸爸。我说："我在看地图。"

爸爸很生气，说："火都熄了，看什么地图！"

我说:"我在看埃及的地图。"

我爸爸走过来"啪、啪"给我两个耳光,然后说:"赶快生火!看什么埃及地图!"接着,他严肃地对我说:"我向你保证,你这辈子不可能到那么遥远的地方!"

我当时看着爸爸,呆住了,心想:"爸爸怎么给我这么奇怪的保证,这是真的吗?我这一生真的不可能去埃及吗?"

从那一刻起,我暗自下定决心,以后我一定要去埃及。

二十年后,我第一次出国就计划去埃及。我的朋友都问我到埃及干什么,因为那时候还没有开放观光,出国很难的。我说:"因为我的生命不需要保证。"于是我就自己跑到埃及去旅行。

有一天,我坐在金字塔前面的台阶上,买了张明信片写信给我爸爸。我写道:"亲爱的爸爸:我现在在埃及的金字塔前面给您写信,记得小时候您打过我两个耳光,保证我不能到这么远的地方来,可是现在我就坐在这里给您写信。"我写的时候感触非常深。

后来我听说我爸爸收到明信片时,对我妈妈说:"哦!这是哪一次打的,怎么那么有效?一巴掌就打到埃及去了。"

在嘘声中唱完一首歌

在无人喝彩的时候，我们不要放弃努力，要学会为自己鼓掌。

撰文/黄梅香

公司里年轻人多，哼上几句流行歌曲是一帮男同事的最爱。我也是一个追星族，对各种流行歌曲爱得欲罢不能。不过，我是属于那种五音不全的女孩子，只能在独处时将变调的歌儿唱给自己听。

最近，公司接待一位台湾来的客户。老总决定让所有人员倾巢而出，在市内最高级的歌厅给客户接风。出发之前，公司的男同事纷纷开始选取当晚的演唱曲目，大有"歌不惊人誓不休"的架势。当他们问我准备了什么时，我的脑子里一片茫然，因为我不想用唱歌来"献丑"。

台湾客户是一位年轻有为的男士，对公司请他去唱卡拉OK的安排比较满意。客户的嗓音非常棒，简直可以赛过歌星王力宏。

听到我的夸奖，客户顺水推舟地说："那黄小姐的歌喉一定像张韶涵一样出色。"我只好礼貌地说自己不善唱歌,还是听男同事们唱吧。

一帮男同事开开心心地放声歌唱后,连我们老总都上去试了一把。这时,所有的人都把期待的眼光转到全场唯一的女孩子——我的身上。我知道再继续拒绝显然是不合适的,于是,在申明自己五音不全会制造噪音后,我选了一首萧亚轩的情歌。

当我放开嗓音去唱的时候,我偷偷环顾四周,发现老总和台湾客户的眉头不经意地皱了一下。由于过度紧张,我这次的发音比以前任何一次都差劲儿。刚才还陶醉在曼妙音乐中的男同事们闹开了锅,有一位同

事还口无遮拦地说:"求求你别唱了,弄不好不知情的人还以为我们在虐待你呢。"说完,其他男同事一起哄笑开了,老总只得做了个阻止的手势。

伴奏还在继续,我不准备就此停下我的歌声。"请听我唱完这首歌。"在被奚落后,我变得更加坚定。我知道我的歌不是当晚最好的一次表演,但是我要用我的坚持维护我的尊严。最后,只有台湾客户给了我掌声……

台湾客户离开的时候,留给老总一句话:"贵公司的黄小姐不卑不亢,能够坚持自己所追求的东西。我希望她能成为我们合作项目的负责人,希望老总大人成全。"

我出乎意料地得到了重用,而这一切只因为不会唱歌的我,在嘘声中坚持唱完一首歌。

拯救自己的人

在人生的旅程中，一定要学会自己拯救自己，这样才能在逆境中奋勇前行。

撰文/佚名

有一个生意人，他把全部财产投资在一种小型制造业上，但是由于世界大战爆发，他无法取得他的工厂所需要的原料，因此只好宣告破产。金钱的丧失使他大为沮丧，于是他离开妻子儿女，成为一个流浪汉。他对于这些损失无法忘怀，而且越来越难过。到最后，他甚至想要跳湖自杀。

一个偶然的机会，他看到一本名为《自信心》的书。这本书给他带来勇气和希望，他决定找到这本书的作者，请作者帮助他再度站起来。

当他找到作者说完他的故事时，那位作者却对他说："我已经以极大的兴趣听完了你的故事，我希望我能对你有所帮助，但事实上，我却绝无能力帮助你。"

流浪汉的脸立刻变得苍白，他低下头，喃喃地说道："这下完蛋了，我该怎么办？"

作者停了几秒钟，接着说道："虽然我没有办法帮你，但我可以介绍你去见一个人，他可以协助你东山再起。"

听到这番话，流浪汉立刻跳了起来，抓住作者的手，说道："看在上帝的分上，快带我去见这个人吧。"

于是作者把他带到一面高大的镜子前，用手指着镜子说："我介绍的就是这个人。在这个世界上，只有这个人能够使你东山再起。除非坐

下来，彻底认识这个人，否则你只能跳到密歇根湖里。因为在你对这个人有充分的认识之前，对于你自己或这个世界来说，你都将是个没有任何价值的废物。"

流浪汉朝着镜子向前走几步，用手摸摸自己长满胡须的脸孔，对着镜子里的人从头到脚打量了几分钟，然后退了几步，低下头，开始哭泣起来。

几天后，作者在街上碰见了这个人，几乎认不出他了。他的步伐轻快有力，头抬得高高的。他从头到脚打扮一新，看来是很成功的样子。"那一天我离开你的办公室时还只是一个流浪汉。我对着镜子找到了我的自信。现在我找到一份年薪三万美元的工作，我的老板还预支一部分钱给我，我现在又走上成功之路了。"

他还风趣地对作者说："我正要去告诉你，将来有一天，我还要再去拜访你一次。我将带上一张支票，签好字，收款人是你，金额处是空白的，由你填上数字。因为你介绍我认识了自己，幸好你要我站在那面大镜子前，把真正的我指给我看。"

走过泥泞

人生没有不可逾越的天堑，只要一步步走过去，前方就是幸福的彼岸。

撰文/吴淑珍

至今我还清晰地记得手握高考成绩通知单时那种撕心裂肺的感觉，被巨大的失败击倒的我已是欲哭无泪，只知道那一刻脑海中满是无尽的茫然。这是真的吗？恍惚如在梦中的我怎么也面对不了严酷的高考现实：一向被老师和同学公认的优秀生落榜了。祈求着出现奇迹的我又一次展开了那张早被揉皱的成绩单：那刺眼的分数依然在"大放光彩"。

一心追求名牌大学的我怎能情愿去念一个当初被老师和同学嗤之以鼻的无名学校？即使我为了逃避现实选择了无奈，老师的惋惜和父母慈爱的劝勉也让我心有不忍啊！

于是，我别无选择地读了"高四"。那时的我有一个非常执著的愿望：扎扎实实地学下去，争取高考取得佳绩。

或许是自己太在意分数，或许是一向有些好强的我太看重每一次考试，一心追求高分的我容不得自己偶尔几次的分数偏低。当面对着那几张让我信心全无的试卷时，无形的忧郁、莫名的焦躁铺天盖地地向我涌来。那一刻，我分明感觉得到自己的学习热情在慢慢地减退。我害怕出现这样的低热度现象，无数次在内心激励自己，积极一点儿，快乐一点儿，然而这些给过我好多次帮助的自我暗示也完全失效了。

如同在噩梦中一般，我苦苦地挣扎，然而面前只是无尽的茫然。我像以前一样早早地起床，早早地来到教室，一如既往地捧起课本埋头苦学，可我失望地发现，我已不能兴趣盎然、全身心地投入到学习中了。

付出和收获如此不协调，让我感到心寒如冰。我害怕艰辛的付出

又一次付诸东流,我不忍再次面对历经沧桑的父母试图掩饰眼中的失望安慰我的伤心一幕……梦魇般的两个月里,我一直处在一种极度低落的状态中,同学们的好心劝勉也无济于事。

三月会考快到了,同学们都在紧张地复习备考,只有我怀着如此的"闲情逸致"来自怜自艾。当我整夜整夜地难以入眠时,身心俱疲的我写了一封长长的信给班主任谢老师———一位让我此生感激不尽的恩人,向他倾诉了我所有的忧郁。谢老师当晚就找我谈了话,他如同亲兄长般和我谈起前几届的一个女生,她像我一样当高考一天天逼近时烦躁不

安，最后向老师提出不想读书的念头。老师邀她出来谈心，告诉她人生难免会遇到挫折，只要咬紧牙关，前面就会是一片艳阳高照的天空，告诉她足以受用一生的关于生活的灵丹妙药。女孩愁云密布的脸终于绽放了开心舒畅的笑容，那个七月对她来说美丽无比。

"人生没有走不完的胡同拐不过的弯，你要做的就是勇敢地向前走。"谢老师满怀期待地对我说，"你不会是一个经不起丁点儿挫折的女孩。不管结局怎样，只要你全力付出了，今生就不会有遗憾。"老师朴实的话语奇迹般地给我再次注入了生命的活力，我心灵的顽石终于在那晚轰然倒下，顷刻间，久压在心头的忧郁烟消云散。那种久违的自信重新在心头滋长起来：忧郁无济于事，唯有勇敢面对才是最明智的选择。那夜，我枕边的泪花和窗前的明月映照了我含泪的笑脸。

有了希望和信心的日子就是不一样，灿烂的阳光终于洒满我生命中的每一寸土地，我惊奇而又兴奋地发现：拥有快乐原来如此简单，只要你敢于打开心结。

快乐如风的我轻轻松松地走过五月六月，奔向绿色的七月。如今，我身处美丽的桂子山校园，快乐而充实。那些经历——那些让我由脆弱爱哭变得不知何为忧郁、敢于冒着风雨迎头而上的经历，让我此生受用不尽。

图书在版编目（CIP）数据

感动中国学生的100个励志故事：奏出生命的强音／龚勋主编．—汕头：汕头大学出版社，2012.1（2020.1重印）
ISBN 978-7-5658-0543-1

Ⅰ．①感… Ⅱ．①龚… Ⅲ．①故事－作品集－世界 Ⅳ．①I14

中国版本图书馆CIP数据核字（2012）第008855号

感动中国学生的100个励志故事：奏出生命的强音

GANDONG ZHONGGUO XUESHENG DE 100 GE LIZHI GUSHI：ZOUCHU SHENGMING DE QIANGYIN

总策划	邢涛	印刷	永清县晔盛亚胶印有限公司
主编	龚勋	开本	705mm×960mm 1/16
责任编辑	胡开祥	印张	10
责任技编	黄东生	字数	150千字
出版发行	汕头大学出版社	版次	2012年1月第1版
	广东省汕头市大学路243号	印次	2020年1月第6次印刷
	汕头大学校园内	定价	29.80元
邮政编码	515063	书号	ISBN 978-7-5658-0543-1
电话	0754-82904613		

● 版权所有，翻版必究 如发现印装质量问题，请与承印厂联系退换